抽斗（ひきだし）のなかの海

朝吹真理子

中央公論新社

抽斗のなかの海　目次

I

II

Ⅲ

Ⅳ

V

抽斗のなかの海

信号旗K

数年前、横浜にお芝居を観に行った。港のそばの古い建物だった。開演前、近くのミュージアムショップをのぞいていたら、ちいさなピンバッヂがあった。もともとピンバッヂには興味がない。ただ、縦左半分が黄色、右が青色の二色旗で、いったいどこの国だろうと思ってみていた。それは船舶でつかわれている信号旗のひとつだとかかれてあった。海上にはあらゆる言語の人達がいるから、言葉の通じない船舶同士でもやりとりできるよう、国際信号旗がつくられている。私がみていたバッヂは、信号旗Kだった。複数の旗を並べてアルファベットとしてつかうときはKを意味し、単独の旗としては、わたしはあなたと交信したい、というシグナルになる。なんてすてきな信号だろうと思った。おもわず買ったけれど、バッヂを胸につける気にはならなくて、そのまま本棚に置いている。

海の上で、一艘の船が、信号旗Kをかかげている。小説やエッセイを書いているとき、そんな光景があたまに過ぎる。この場合、交信したいあなたは、いまこの本を手に取った読者のあなただったり、まだいない未来のあなただったり。ひとにかぎらず、かつて書かれた作品、音楽。あなたにむかって、そっとさしおくりたいとおもって書いている。

なにかを書くときは、果てしない海にむかって、壜を投げるような気持ちでいる。それがいつどんなひとに届くかわからないけれど書いている。こどものころから、何かしら書いては、投げていた。日記は書かないけれど、うそは書いていた。じぶんだけの楽しみなのでひとには言わない。机の抽斗、デスクトップで書いたものを保存して閉じるときも、画面・抽斗のむこうに、黒く波うつ海のような四次元がひろがっていると思っていた。「ドラえもん」のなかののび太くんの勉強机の抽斗みたいに、どこか無数のべつの場所と繋がっているような気がしていた。

抽斗の海は、時間の溶けた、方角のない海で、あらゆる作品が信号旗Kをかかげて浮かんでいる。そこにじぶんが書いたものを投げる。そうすると、武満徹の『時間の園丁』に届いたり、ダムタイプの古橋悌二に届いたりする気がする。海はひろいから、船がすれちがうことは稀だけれど、もしかしたらずっとすれちがわないかもしれないけれど、いつか交信できるかもしれないと信じている。

このエッセイ集には、いろいろなところで書いた短文がまとまっている。「ドラえもん」の藤子・F・不二雄が提唱したSF（すこしふしぎ）な話が、ふり返ると多い。エッセイの順番は、だいたい年代順になっている。各話の終わりに、いまのじぶんが読み返して、ちいさな応答をしてみた。

I

放心

三島市を流れる源兵衛川まで、ほたるをみにでかけた。

陽の落ちはじめは、市中（まちなか）でほたるまつりが開催されていた。お囃子の音が遠くの社から流れ、あたりは華やかに浮きたち、道端に簡易製の椅子をだしたひとびとが、うちわを片手に酒をのむ。やきそばやスーパーボールの出店もいくつかならんでいた。うなぎを食べたあと、ビールを片手に川沿いを歩いた。どの場所も、ひとが列をなしてほたるを探していた。子供にすこしでもほたるをみせようと保護者が肩車をする。どこに飛んでいるのかよくわからないので、いったん知人の家にひきかえし、祭がしずまるのを待った。待っているあいだは、モノポリー（日本版）をしていた。

日付がかわってから、ふたたび外に出た。すっかりぞめきも消えて、しずまりかえっていた。川縁におりて、あしもとを照らしていた懐中電灯を切る。

木立の葉擦れと川音ばかりがきこえるなか、うまれてはじめてほたるをみた。

これまで、フィクションのなかでしかほたるをみたことがなかった。ほわほわと浮かんでは消える、うすみどりの淡い光を想像していたが、実際にあたりを何匹も飛んでいるすがたを目にすると、思いのほか明滅する光が強いので驚く。交配をもとめての、切実な光なのだと思った。

ふしぎなことに、その光には、一切の熱っぽさがない。ほたるは、からだの一節を振動させ、熱量を放つことで身を光らせているのだと思い違いをしていた私は、はじめて、ほたるの体液にはルシフェリンという発光物質が流れていることを知った。漫画に描かれるほたるの多くは、発熱した光のイメージで描写されているような気がした。熱をともなわない冷光だというのに、じつになまなましく光るのが怖い。ゆらゆらとも、ちらちらともいえない、かたい光があちこちで飛んでいるのを、川縁で膝をそろえてしゃがみ、じっとみつめているうち視界は眩んでいった。

すこし散策しようと、上流にむかって歩きはじめた。川はとても浅く、また流れもおだやかそうなので、飛び石や渡し板をすすんでゆくよりも、サンダル履きのまま川底をすすみ、足首を水に浸すことをえらんだ。水はきよらかでつめたく、想像していたよりも流れが速かった。あまりにも水がとうめいなのでその速さがよくわかっていなかった。

ほたるがあたりを飛んでいることもしだいに意識しなくなってゆき、なにかに思いをめぐらすわけでもなく、ただ身体をうごかして川を上っていた。

「あしもとに気をつけて」と知人たちとことばをかけあうが、全員、どこかうわの空のまま上流へとむかっていた。

えんえんつづく川を歩いてゆくうち、翌日、東京に戻らなくてはならないことや、せねばならないこと、ひとととりかわしていた約束のすべてが、ふと、億劫になってしまって、このまま百年くらい、川をすすみつづけようかと思った。

水に足の熱が流され、感覚が失われてゆく。思うことぜんぶ浮かんでは流れてゆくような気がした。六月に入っても炬燵を出したままいつまでも片付けられない怠惰な心も、自分という生体からはがれて、そのまま水にとられて流れ去ってゆけばいいのに。ふだん体にくくりつけている心を放ってしまいたいと思いながらひたすら歩いていた。

川上も川下もなくひたすら流れてゆくだけの川があればいいのにと思う。川筋が途切れてしまうと帰らねばならないから、できれば、永遠に流れつづける川があればいいのにと身勝手なことを思っていた。

水は高きより低きに流れ、やがて海へとそそがれる。そうした時空の当然の摂理から、解放されたいと思うことがある。もちろん、理（ことわり）が持つ秩序とその形態がまことにうつくしいことも知っている。バッハの平均律やフーガを聴いているとそう思う。

理に逆らいたいわけではない。ただ、ほんのすこしだけ、そこからはみだしたい。もっと野蛮で、自由になれる瞬間がほしい。心を放つ瞬間がほしい。そのためには、どうしたらいいのだろう。理が無効になるところは、夢のなかなのかもしれない。しかし、ほんとうは、理によって成り立つこの世界のなかで、理をこえた、夢でさえみられないものをこの目でみたり、触れたりしていたいのに。

「放心」

はじめて書いたエッセイ。もう十年近く前になるから、しらないひとが書いたような気持ちにもなる。エッセイを書くのは恥ずかしかった。小説家の間宮緑さんの家に複数人で泊まった。鰻を食べた後、ほたるを探しに源兵衛川を歩いた。夜、女性は私だけだったので、ひとり客間に寝かせてもらった。朝起きて最初に目にしたのは、面頬まである甲冑だった。眠る寸前までみんなでおしゃべりをしていて、あたりをみまわすことなく布団に入ったから、起きたら立派な武者が座っていて、たまげた。夜中にみていたら怖くて眠れなかったかもしれない。間宮君はエスペラントが得意で、Skype で世界中のエスペランティストと会話するのだと言っていた。三島は水の綺麗なところだった。

Happy New Ears

六畳一間の和室に布団を敷いて寝ている。まだ夏仕様のままのうすい掛け布団にくるまっていた。実家の、二十六年間住んでいた私室は隣が浴室であることもあって冬の夜でもわりあい温い。真冬も底冷えするほどではないので、いつも冬布団にきりかえるタイミングがわからないままいつまでもだらだらとうすっぺらの夏布団で暖をとる。眠るときに、冬支度にきりかえる労働を億劫がって、明日やろうと思うのだが、眠るとそういう考えのあったことを忘れる。そのまま十一月の半ばまできてしまった。二〇一一年十一月二十日（日）。その日眠りはじめたのは明け方であったから、うつらうつらするころカーテンの隙間から日の光が漏れて、その光量から快晴らしいことがわかったのだけれど、数日前に聴いた雨音がまだ身体に残っていて、雨降りの日である方が、現実よりもほんとうの天気のように思えていた。雨の降っていた日は、十八日。二十六時、渋谷のWWW（旧シネマライズ）で池田亮司とカールステン・ニコライのCyclo.が終った後、朝までコンクリート製の階段に腰をかけていた。天象の推移を皮膚と音で感じる。雨音をみな耳にする。くちでは弱ったというけれど気にやむひとはいない。コンクリートの冷輻射で体熱は時間が経つごとにうばわれているはずなのに、その場への緊張と慕わしさがふしぎに心地良く同居していて、額に帯びる熱も、アルコールからくるほてりもあって、冷えた身体のことを放る。プラスチック製のコップ、防音扉を貫いて振動する低周波、階段の手すりがそれに共振する。ビール、用意された簡易テーブルのうえに、いちごみるくの飴がちらばっていた。カントリーマアム、お弁当、ミネラルウォーター、お茶、さっきまで首を振っていた遠赤外線ヒーターは赤く点灯して充電切れの警告を発している。たばこの吸い殻が落とされた空き瓶が数本。ニュートリノの速さが話題になっていた。正確な現在時間とは何をもって正確なのかということを疑問に思って調べたときに原子や分子のスペクトル線を用いた原子時計なるもので計測することを私ははじめて知った。三千万年に一秒の誤差は、大きいのか少ないのか。秒とは、「セシウム133の原子の基底状態の二つの超微細構造準位の間の遷移に対応する放射の周期の91億9263万1770倍の継続時間である」か。皮膚が湿気を吸ってふくらむことで何となく雨量を判断する自分の野蛮さ。まだあの明け方にいるようにも思えるけれど、いまはたしかに実家の和室で布団をかぶっている。Cyclo. の『id』をひらき、「中谷宇吉郎の雪の結晶」だという声にはっとする。莫大な変化をとどめた標本。ふたつとしておなじかたちのない。結晶がゆがむことに中谷が惹かれていたことを思いだす。大森荘蔵にみせたい。It was very philosophical と誰かが言っていた。フィロソフィの意味を反芻していた。パウル・クレーの描いた細胞分裂図のこともうっすら思い出していた。ただ身体を通して圧倒される。可視化されたステレオからでる信号の断片、というシステムのことより、プロジェクションされる像に音が同期しているのか音が像に同期するのか関係が前後してみえることときこえることの知覚が追いつかない、そのゆらぎだけがある。眼をあけると、畳に対談の原稿を直している自分のミミズ文字だらけの紙がちらばっていて、ときどき「朝吹」と発言者の名前が書かれてあるのが私であることに違和感を覚える。こんなことはなしたっけ。私は私の領分がすぐに曖昧になる。身体にはきちんと輪郭があるのにときどき溶けてしまう。眠ろうとしているのに、二〇一一年の四月十七日の夜、サントリーホールで聴いたクレーメル・トリオのすがたを急に思い出した。タイムマシンがあったらあの演奏をもう一度ききたい。音楽と音との際だった。他の連想へと結ばれるのかと思うとそれはすぐに消える。クロスチェンジするようにしてこの夏と秋と、何度か京都にでかけたことを思う。いしいしんじさんの家で蓄音機を前に体育座りをして音楽を聴いていた。カザルスやリパッティを聴いたあと、DON'T TOUCH ME NYLON/MARIE BRYANT and JACKIE BROWN'S CALYPSO KINGSというSPレコードで聴いたカリプソが忘れられない。あのとき思わず身体をゆらした。いまもどこかそのまま踊りつづけている。お子さんの、まだ一歳に満たなかったひとひ君のそばでいっしょに昼寝をしているときの現在が、はや数ヵ月前の過去であるということがわからない。いま眠ろうとする私の身体のある部分は、そのときのそこにいる気がする。そのときの感覚はまだそこにいまいる。体熱の高い赤ん坊の寝息を感じながら、同じようにまるまって寝ている。そばには緑色の繊毛に覆われた球体のがらがら、畳の上にエルンスト・ユンガーの『パリ日記』が置かれてあって、長新太の『ごろごろにゃーん』をさっきまでみていたのだった。庭にはキンモクセイが植わっているから秋になるときっといいかおりがするのだろうと思いながら眼をつむっていた。もうすっかり秋も暮れた。Tシャツが汗ばんでいたけれどそれがかえって夏らしい午後だという気になってとても安心したのだった。「だった」とどうして過去形で書かなければならないのだろう。いまもまだたしかにそこにいるように感じている。あのときは未来のことだったのにもはや過去になった日の散歩の思い出。日比谷公園で湯浅学さんとみていたシュロや、カラスが止まっていたひときわ高い一本の翁椰子。湯浅さんから、いしいさんの持っているMonchito Mottaというひとのレコードについて話を聞いたこともあった。強風が吹いて、他の樹木はいっぺんにしなりざわつくのに、翁椰子のあたりだけは葉先をそよがせるばかりだった。だからカラスが止まるのだとふたりでみていた。ペニンシュラホテルが背後にてかっていて、実景の異様さに目の前がおおきく歪んで見えた。そういう瞬間に、現実の裂け目からイメージが飛び込んでくる。鮮烈なイメージは眼とはべつのところでみている。目を閉じていても身体の奥まで飛び込んでくる。言葉よりもさきだつ。イメージは肌に触れてくるのはもちろん、においも音もときには味覚もある。色のむこうから、光のむこうから、ふいにあらわれる。翁椰子のむこうから船の警笛がきこえていた。水たばこのムアッセルの甘い葉のにおいもする。夕陽を浴びた建造物がばら色になってゆく。その日の実景は曇天だったはずなのに、私の目には地中海都市にしずむ夕陽がみえていた。湯浅さんとは、帝国劇場のそばで紅茶とココアをのんで帰った。家に帰ってすぐ湯浅さんから頂戴したCD－Rをパソコンにとりこむ。大阪で岸田劉生展と俵屋宗達の舞楽図屛風を観に醍醐寺まででかける旅のおともにと選曲をしてくださったのだ。天王寺の駅についてはりぼてのお城に「醍醐」とレタリングされたラブホテルを横目に岸田劉生展の会場を探して新世界の方へと歩きながら聴く、Enter The Mirror/Les Rallizes Dénudés, Stranger in Paradise/Tony Bennett, Domino/Raymond Scott, L-O-V-E/Nat King Cole, 俺のせいで甲子園に行けなかった／面影ラッキーホール、Starfish and Coffee/Prince……Por Equivocacion/Virginia Lopez, 白い波／Astrud Gilberto……wktnwb／高橋悠治……Bless This Space/Brian Eno……。夜、京都のホテルに着いても、えんえん、直島の銭湯でもかかる「白い波」を聴きつづけていた。波の底から聴こえる音楽。銭湯のましろいタイル貼りの、天然リヴァーブのきいた空間。天井画の色が氾濫していて、何度入湯しても驚く。どうしようもなくいま生きていることを感じさせるお湯で浴びた音楽。うっすらくちをあけて、Fripp & Eno の Evening Star を聴いていた。あれは豊島帰りの初夏だった。隣の人がラムネの栓をじょうずにあけられず甘い水をこぼして飲む。しゅわしゅわと発泡する音といっしょに記憶が消えてゆく。ベッドのうえでヘッドフォンをしたまま眠っていた。本を読まない日はないと思っていたけれど、考えてみれば同じように音楽を聴かない日はないのかもしれない。音は生起したらかならず消える。釈迢空のぬめぬめした朗読、土岐善麿が読む『太平記』も紛れもない音楽。思い浮かぶ時代も順序もばらばらの音楽——The Desert Music/Steve Reich, What's Going On/Donny Hathaway, Welcome/Harmonia & Eno'76, Shell Shell Bye/Taylor Deupree, Multistability/Mark Fell, Dream Baby Dream/Suicide, Bach J.S.: Goldberg Variations/Scott Ross, 木浦（モッポ）、naked writing／吉増剛造、Pan/James Blake, 乾いた花／武満徹、Good Night／矢野顕子 & David Sylvian……音は時間のなかにしかないけれど音楽は時間のないところにもあるのではないかと想像することがある。はじまりもなくまたおわりもないような音楽を聴いていても、はじまりとおわりは必ずある。なければきっと音楽にはならない。音楽ほど官能的なものはないと思う。音楽ほど幸福なものはないと思う。眼で聴く音楽もあることをジョイス（『ユリシーズ』第十一章、柳瀬尚紀訳）を読んで知った。演奏が終わるまでに639年かかるというジョン・ケージのOrgan2/ASLSP

を思う。ドイツの中部、ブキャルディ廃教会でそれは鳴っている。こうしている現在も鳴りつづけている。自動演奏するオルガンの鍵盤が壊れて音が鳴らなくなったとしてもそれは音がでていないだけで音楽はつづいている。

「Happy New Ears」

エッセイの意味を辞書で調べてから書いた。〝試み〟としての文章とはいったいどんなものなのか。松浦寿輝の『青天有月』に憧れていたけれど自分ではあんながんちくのある美しい文章は書けない。

このエッセイを書いていたとき、あなたにとっての「世界の終わり」をイメージさせる作品を一つ挙げてください、という質問をもらった。そのとき浮かんだのは、ブルース・ナウマンの「100生きて死ね／100 Live and Die」（直島ベネッセハウスミュージアム）が点灯と消滅をくりかえしている光景。人類は滅亡していて、建造物は崩れ、植物が這いまわっている。そんななか、チカチカ、蛍光管だけ、かわらず動いている。ややありきたりだし、電気がなぜ通っているかはさておき、

「世界の終わり」の光景を思い出すように思うと、ちょっとだけほっとする。そのときの質問が、このエッセイにもしのびこんでいる気がする。

うまれてはじめてつけた日記　二〇一一年一月

一月二十二日（土）

朝から畳の上でのたうちまわる。原稿が終わらない。午前四時にようやく書きあがる。永遠に終わらないかと思った。こめかみが痛むのをおさえながら入浴。コールスロー嫌いの友人が言い放った「コールスローは憎悪の対象」という言葉が浴槽内でぐるぐる。午前六時、入眠しようとしている。

一月二十三日（日）

午後すぎ起床。本日からフランスに一週間出かけなくてはならないのに、まったく荷造りをしていない。慌ててものを片っ端から詰め込んでゆく。スーツケースの中であらゆるものが偶然のであいを……。faxでゲラを確認してから発つ前に夕食。いちのやのうなぎ、ビール、子持ち昆布、山菜のてんぷら、ふろふき大根。鰻の骨がくちのうらにささる。子供のころから鰻を食べて骨がささらなかったことがない。タクシーの中で小骨がささっていたところを舌で確かめる。しんとした真夜中の羽田空港で諸般の手続きを済ませ、免税店に並ぶ化粧品をぼーっとみる。人間は死ぬまでに何キロのクリームを顔に塗りたくるのだろう。お酒が急速にぬけてゆくのを感じる。午前一時三十分発の便に乗る。九時間ほど眠る。この一週間でいちばん深い眠りをとった、という感覚をもって目覚めた。

一月二十四日（月）

パリ。雨。寝て起きたらとつぜんフランス語をしゃべるひとがふえた。じぶんもしゃべれる気がしたけれど気のせいだった。早期チェックインをし、メールのやりとり等。スーツケースに靴下を一足もいれていなかったことが発覚。正午、Martin Margiela 2011S/Sコレクションにおじゃました。人体が動いたときの布のずれ方が計算されていて、歩いているモデルのワンピースが面にみえたり線にみえたり、みる角度で変化する。夕飯も食べ忘れ、気がつけば真夜中。時空をこえてパリにきてしまったように感じる。さびしい。このさびしさは自分の生が終わらない限りつづくのか。

一月二十五日（火）

ドゥマゴ文学賞選考会ならびに授賞式当日。選考会五分前になってもほとんどの選考委員来ず。まったく作品を読んでいない人から、あなたのすばらしい本をぜひ演劇にしたい！と言われる。なぜそう思える。かなしい気持ちになる。へとへと。

一月二十六日（水）

大雨。もう少し霧雨っぽいと勝手に思っていたのに思ったより粒が大きい。降る音の響きが日本とは違う。石造りだから？ GAULTIER, MAXIME SIMOENS 等のコレクション。SIMOENS のデカルコマニーのドレスは体にそうようにゆれてうつくしい。湿度のある服というのをはじめてみた。シグマー・ポルケがヴェネツィア・ビエンナーレで描いた壁画のよう。

一月二十七日（木）

夜まで原稿を書く。ショコラ・ショを何杯も注文し胃がむかつく。夜、家に帰りたい。シャイヨー劇場で Philippe Decouflé 振付の「Octopus」。ハイヒールが舞台に登場しても、それは女性性の「女性」がひき剥がれた形で示されていて、性別（人体）に依拠しない（と書くと変なのだけれど）「セクシャリティ」や「フェティッシュ」がにゅるりと舞台に浮かびあがっていた。終演後、音楽を担当していたNosfellさんとカフェですこしおはなしをする。副島綾さんといっしょに。彼の音楽は、音の幅で空間を構成したいという欲望にみちているような気がした。深夜一時をまわったいま、ホテルでこの原稿を書いている。お風呂でThe Durutti Columnを聴いて寝る。

一月二十八日（金）

電車を乗り継いで池田亮司さんのスタジオに行った。「数学」の世界をそのひとの言葉越しに感じる。スタジオの長机に置かれた、ミュージックロールやIBMのパンチカード、マイクロフィルム。コーヒーを片手にたくさんのやりとり。夜、スタジオにつとめているT君のシェアハウスでの人種も言語もごたまぜの新年会におじゃまする。オーブンで焦げ目をつけたうすぎりのライ麦パンにサーモンとボイルドエッグ、クリームチーズを塗ってはさんだサンドイッチをワインを飲みながらつくる。十五人ほどがダイニング周辺をたむろしながらてづかみで食し、しこたま飲む。プログレが隣室のリビングから響いていた。ダイニングの照明は熱をもつたびに電源が落ちる。ぱっと消えるたびに「五分休憩」と言いながら電源の熱を冷やす。酔いがまわりリビングの方へとひとり身を移し、布地が破れて中綿のとびでたソファに腰掛けていた。プルーストやコレットの本といっしょにニーナ・シモンやドアーズのレコードが雑多に納められたラックからのぞく。少しだけ離れた距離でひとびとが心地よく喋っている。その声をきいている。これが自分にとって最も安心するひととの間合いなのだと思った。人みしりの言い訳でもある。時折風が強く吹き、窓に目をやると外を歩くひとと目が合う。窓越しの挨拶をかわす。あらゆることが起こっているという気がしていた。帰りしな、雨後で空気が澄んでいたこともあって星がいつもより近く感じられた。「ここは十八区だからパリのなかでいちばん標高が高い」とT君が言う。真夜中であったから、扉をあけるときのきしみ、自分たちが通りを歩く靴音、はっきりと聞こえていた。すれちがうひともいないままひたすら歩いていた。

「うまれてはじめてつけた日記
二〇一一年一月」

交換日記をのぞいて、自発的に日記をつけたことが一度もなかったから、新鮮だった。そういえば、朝顔観察日記はつけた。提出日前日に家族総出でとりくみ、「水をやらなかったら枯れた」と書いた記憶がある。あれは小学校に上がる前だった気がする。

この日記は、一年後に文芸誌『新潮』に掲載されるときいて書いた。いま読むと気負いすぎている気がするけれど、そうなるのもわかる。芥川賞をいただいた数日後から日記ははじまっているのに、一切そのことにふれていないのが、みょうに感じる。そして思いだそうとしても、正直、芥川賞をいただいたころの記憶がない。毎日、なんだか恥ずかしかった。少し話はそれるのだけれど、はじめて書いた小説が発表されるとき、作品名も著者名もなく、文芸誌の広告と広告のあいだに、そっと、乱丁本みたいに挟み込んでほしい、と小説をずっとみてくれている『新潮』編集長の矢野さんに頼んだ。それは一蹴されて終わった。数日考えて小説のタイトルは「流跡」とし、筆名にはせず本名にした。近影も撮ることにした。どこかで、のっぺらぼうの名なしでいたかった気持ちを引きずっていたけれど、パリで池田亮司さんに会ったとき、アーティストの署名責任、ということばをきいて、名なしでいたいと言っていたじぶんがポカリと叩かれた気がした。

しゃっくりり、、

雲母（うんも）、瑪瑙（めのう）、石英、透明方解石、紫水晶、標本に記載された鉱物の名を何度もくちにする。学校から帰るとランドセルを投げるようにベッドに置いて、小遣いをためて買った鉱物標本の上蓋をそっとひらいて、真綿のうえの石をながめる。

渋谷にあった五島プラネタリウムの帰りに立ち寄った本屋か、上野の科学博物館のみやげものやでだったか。偶然、鉱物標本をみかけた。鉱物の図鑑は持っていたが、実物をみたのはそれがはじめてだった。買えるものであることをそれまで知らなかった。はじめは二十種類くらいの標本しか買えなかったけれど、買い求めた日は、おやつも食べずに地べたに寝転がって、標本をずーっとながめていた。ながめるだけではあきたらず、石に触れてみる。においをかいだり、光を通したり、虫眼鏡でのぞいたり、くちのなかにふくんだりした。げんこつあめのような岩石をくちのなかにふくんでいると、きまって怒られたので、私室でこっそり食べた。鉱物採集の熱は冷めず、翌年にはミネラルフェアに出かけて、岩石と鉱物がおさめられていた百種類くらいの箱を買った。理科の授業で顕微鏡を使う日に、ポケットにこっそり鉱物を持ち運んでいって、葉脈のスケッチもそこそこに、蛍石の原石をのぞきこむ。

宮沢賢治は鉱物の採集に熱中して「石っこ賢さん」と周囲から呼ばれていた。宮沢賢治のその愛称を踏襲して家族のあいだでは「石っこまりさん」と私も呼ばれた。賢治のように、北上川の川原に出かけて、たくさんの鉱物を採集してみたかったが、私の家の周辺はアスファルトと暗渠しかなく、鉱物は標本で触れることしかできなかった。

私がもっとも惹かれていたのは雲母だった。極めてありきたりな造岩鉱物なので、どんな安値の標本にも雲母は入っていた。名前も好きだった。雲母という漢字も、和名の「きら」「きらら」という響きにも惹かれた。『忠臣蔵』の吉良上野介の吉良は、八ツ面山に産した雲母（きら）からくる。雲母の産地の名字なのだった。宮沢賢治の鉱物をめぐる短篇に「楢ノ木大学士の野宿」という作品があって、中学生のころはそれを繰りかえし読んでいた。宝石学を専門とする楢ノ木大学士の家は「雲母紙を張った天井」で、私も、部屋を改装するときはぜひ雲母紙にしたいものだと思っていた。

雲母紙の夢をかかえながら、水玉模様の壁紙の私室で、標本からそっと黒雲母の薄い破片をとり出す。黒雲母に懐中電灯をあてると、ガラス乾板にうつった黒眼銀河のようにみえた。地球のうちに、花崗岩のなかに、銀河がある。真綿からとり出すときに、力をいれずとも雲母は脆いのでたやすくわれる。ほかの石よりも慎重に扱わなければいけなかった。雲母にもっと近づきたくて、しきりに舌先で舐めてみる。舐めるだけでは近づけない気がして、雲母をひとくち囓（かじ）る。雲母は脆いからくちのなかで砕ける。ゴーフレットよりも脆い。細かく歯ですりつぶして思わず飲み込んでしまった。舌はすこしだけちくちくした。夕食時になって、自分のしたことがとんでもない悪行だったように思えて、食事が喉を通らなかった。なめこの味噌汁が食卓に出ていて、茸（きのこ）の粘り気で雲母が覆われるよう、それだけはおかわりをして飲みほした。やめた方がいいとわかっていても、どうしても雲母を囓ることがやめられなかった。

中国では雲母が長生薬のひとつとされていたことを大人になってから知った。白居易も、雲母の粉末を匙で飲んでいる。遺体を雲母でくるむと腐敗しない、という伝説もある。私もほんのすこしだけ長命になっているのかもしれない。舌で、雲母の先端を舐めつづけたせいか、私の舌先は、ほんのすこしだけだが、ふたまたにわかれている。鉱物を食べることは家族のあいだで禁じられていたので、雲母を食べられないかわりに、鉱物っぽい雰囲気があるということで、サクマドロップスはいくらでも食べてよかった。薄荷や葡萄色の飴を鋭利になるまで舐めてとかし、くちから一度出して、雲母だと見立てて、囓った。ドロップスでも何度も舌先を切ったから、ドロップスのせいで舌が裂けてしまったのかもしれない。いまだに家族には舌がふたまたになっていることを告白できずにいる。

標本箱には、薄い板状の雲母が二枚しかおさめられていなかった。すこしずつ囓って小さくなってゆく雲母を、後悔とともに真綿のうえにそっと戻す。

一度だけ、雲母の夢をみたことがある。落葉した並木道を歩いていると、落葉が雲母になっている。ああ、落葉樹は雲母になるのかと思いながら、裸足の足のうらでぞんぶんに雲母を踏みしだく。雲母は「しゃっくりり、、」という踏み音がした。耳で聞こえたのではなく、文字の記憶として残っている。いまもまだ、足うらが雲母を踏む感覚を覚えている。

小学生のときに一度だけみた夢の話を、インタビューでしたことがきっかけで、音楽家の小島ケイタニーラブさんが、雲母を踏んでみたらいいと、薄くとうめいに剝がした白雲母をたくさんくださった。六角形の板状結晶がぎっしりタオルをいれておく箱につまっていた。真珠のような光沢でまぶしい。鱗のようにもみえる。分厚いままの白雲母は、紙を束ねたようにもみえる。やわらかな石だから、カッターでいくらでも薄く剝がすことができる。手でむいてゆくこともできた。むいてゆく、雲母の粉末が身体(からだ)中について、衣服が光る。眼球に入ると涙も光っていた。中国では、雲は岩石の精気が立ち昇って凝集したものだと考えたから「雲母」という字があてられたことを思い出す。これほど細かい粒子になるのなら、これを雲と思うのも当然のことのように思えた。微細に砕くとミネラルファンデーションの成分にもなる。私は身体中が雲母の粉まみれになりながら、えんえん白雲母をむいていた。ふたまたにわかれた舌先がひりひりしていた。もう踏みしだくのにじゅうぶんなほど雲母をひきはがして床に置いてみたが、どうしても雲母を踏む気持ちになれなかった。夢の感触が現実と違うことはわかっていて、その違いを知ることになんの意味があるのか。かつてみた夢雲母はに会いにゆくのはやめた。とっさに雲母を手でつかみ、空にむかって投げる。雲母はゆっくり降り落ちる。たしかに雲の素だと思った。眼にもくちにも雲母がささる。かまわず何度も空に投げる。

「しゃっくりり、、」

鉱物愛はいまもつづいている。結婚指輪もＮＡＳＡが売っているムーンロックのかけらを指輪のみえないところにはめこんでいる。ソノベエッコさんに頼んで（面識もないのに）つくっていただいた。

愛用しているインクがある。フランスの古いエルバン社のインク「月のほこり Poussière de lune」という色。さびた紫色。それを水で少しうすめてつかっている。万年筆はずっとセーラーの長刀研ぎ。でも、十年使っていたそれをつい先月歩いているときに落としてしまい、探しに探したがでてこなかった。セーラーはリニューアルして長刀研ぎの万年筆は変わらずあれど、キャップの文字に主張がでてしまい、以前のシンプルなかたちが好きだったので、いま万年筆がなくて困っている。

インクに戻ると、「月のほこり」は色も素敵なのだけれど、なによりもインクに冠された名が好きで、大学生のころからずっと買いたしてつかっている。紫がかった夜空の月の暈をさしているのだと思うけれど、月面が粉になって、インク壺にふりそそいでいるイメージもわく。

将棋観戦記　二〇一一年三月十一日

朝

三月十一日、郷田真隆九段対村山慈明五段戦当日、天象の記憶は抜けてしまっているが晴れていたと思われる。午前六時半起床。緊張のあまり眠れず、対局室内でお茶をこぼす夢をみた。

以前、将棋会館まで延々道に迷ったため、はやめに家を出る。八幡坂を上がりながら、前に訪れたときはぼたん雪が降っていたことを思いだす。それは二月半ば、屋敷伸之九段対佐藤天彦五段戦を夕食休憩後から見学したときのことだった。初めて間近で対局を見た。会館三階の「東京将棋記者会」というプレートのかけられた一室では、数人の棋士が集って検討をしていた。盤を囲んではいるが、空で指尖を動かして話す棋士が多かった。思考のスピードに指が追いつかず、盤を動かすのは億劫なのだろうと思った。検討に夢中で、雪が降っていることにも気づかない。次に指される一手の可能性を話している。一秒の間に、彼らの思考は、指されるかもしれない一手のさらに先へと微細に分岐し続けていた。こうして、もう何千、何万局と、一局のうちの一手の先を考え続けてきているのだとそら恐ろしく思ってみていた。

午前九時半、待ち合わせていた記者の柏崎さんに今朝方の夢の話をしながら、四階の対局室へと向かった。

振駒

対局室入口で靴を脱ぎ、「雲鶴の間」と木札のかかった引戸から入室する。対局室の襖はすべてとりはらわれ、風の通りがよく、広々としていた。同じ間の奥で行われる森下卓九段対植山悦行七段戦のために、奨励会員の少年が駒を丁寧に乾拭きしていた。私は記録台の脇に坐り、いただいたほうじ茶で手を温めながら、「平常心是正」の掛け軸に視線を投げたりしていた。

対局開始約十五分前、先に入室したのは村山五段だった。黙礼に近い挨拶を交わす。平時のやんちゃな表情は一切無かった。ほぼ同時に、郷田九段も入室。上座に郷田九段、下座に村山五段が坐す。郷田九段は紺色のハンカチを脇息の上に置き、ペットボトル飲料の温かいほうじ茶を茶碗に注ぐ。村山五段は二月末に患った風邪が長引いていたらしく、短めの咳を一二度繰り返し、扇子を口にあてる。目を閉じあったりして、互いを見つめようとしない。

室内で行われる対局は全四局。振駒の際、光量の強い朝陽が室内に射した。つやのある歩がぱっと畳に落ちる。駒の散らばる音がわずかにずれつつ方々でし、結果を告げる記録係の少年たちの声も続けざまにあがる。先手は村山五段。記録係が先手番の名前を棋譜に書きつける。手番の決まった棋士たちは、のんびりとした朝の気配を漂わせてもいるのだが、神経の奥はすでに昂ぶりはじめ、思考がひしめき合いだしたように思えた。

夢

午前十時、対局開始。

ひずむことから将棋ははじまる。指された初手によって、保たれていた盤上の世界がにわかに崩れる。一度はじまると二度と後戻りできないことを思い知る。そうした退っ引きならない実感を持つ一方、対局室に流れる時間はじつに穏やかで、棋士たちはみなどこかまだるそうに、窓の外をみたり、隣の対局者の盤を見遣ったりしていた。

郷田九段が茶碗にすっと手を伸ばす。摑んだ途端茶碗が滑り、ほうじ茶が畳や座布団に溢れた。今朝見たばかりの夢に遭遇しているようで驚いた。ティッシュを差し出そうとして、格闘技であれば許されない行為だと躊躇いがでた。当の郷田九段は実に淡々としていて、鞄のなかからティッシュを取り出して水分をさっと拭うと、退室して、手洗い場にある厚手の紙を複数枚持って戻ってきた。一枚ずつ紙を畳の上にひろげる。座布団を拭い終えると、ひっくり返った茶碗を直し、自らも坐り直し、何事もなかったように、すっと盤に視線を向けた。対局を終えた後、村山五段は「あれで少し場が和みました」と言った。

小一時間ほど経って、階下の記者室に戻る。解説を引き受けてくださった飯塚祐紀七段や記者の柏崎さんと一緒に黒革のソファに腰掛け、対局の盤面が同時中継されているテレビ画面をみていた。「序盤は定跡通りです」と言われる。思考が重ねられ続けても猶ひとたびとして同じ一局がないということのふしぎさを思う。将棋の謎や面白さは、先がみえない予測不可能性にのみあるのではなく、予測可能ななかにこそ、謎を解く秘鍵が隠れているように思えていた。

お昼

午後零時十分、昼食休憩。外で食事をとることとなり、先崎学八段、飯塚七段、記者の柏崎さんとスパゲティを専門とする料理屋まで行く。千駄ケ谷の道はうねうねしている上に、標となるものが少なく、いまどこにいるのかを簡単に見失う。

食事中、棋士の食べる速さに驚く。花粉症の話題から、対局室内で鼻をかむことは問題ないのかが心配になる。轟音にならない程度であれば良いことを知り安堵する。「振り飛車党は花粉症にならない」という飛語を飯塚七段から聞く。対局室のある四階の隅には、きれいに重ねられた店屋物の丼、レンゲ、漬物皿等。めんつゆや揚げもののいいにおいがうっすら残っていた。

後日対局者に昼食のメニューを尋ねたところ、郷田九段は馴染みの喫茶店でハンバーグランチを、村山五段は橋本崇載七段と近隣のビルで、シーフードドリアと健康に留意してサラダを食したと聞いた。

午後一時、対局再開。対局室内に、固有の時間が生じはじめていた。午前中は普遍的な時間が対局室を貫いていた。平らかだった流れは少しずつばらばらになって、時間の焦点がそれぞれの盤に向かって絞られてゆくように思えた。唇を真一文字に引き結ぶ村山五段。目をどこでもないところへともってゆく郷田九段。ひとつの対局のうちにも、盤と対局者とが、それぞれべつの理で動いているように見える。平面の世界に思考を埋めていることのよじれで、棋士の人体は人体から遠ざかり、時間から置き去りにされているようにも思えた。

揺れる

「あ、揺れてますね」

午後二時四十六分、地震発生時、三階の記者室にいた。対局室の様子は、テレビ画面がすぐに暗くなり、わからなかった。「一度外に出ましょう」という声が壁越しに聞こえた。記者の柏崎さんが隣室で取材をしていた。羽生善治王座がささっと階段を下りてゆく。一切まごつかないその後ろ姿に、危機回避能力の高さと将棋の強さとの関係性を感じながら、踏みはずさないよう気をつけて後に続いた。事務局の人々、少しの間を置いて対局中だった棋士たちが外にでる。スリッパのまま避難した棋士も数名みかける。「いま何時？」と勝又清和六段が尋ねる。誰かが「午後二時五十分」と応える。記録係に、後で中断時刻を棋譜に書くよう勝又六段は指示する。余震が続く。前代未聞の事態だとみな苦笑して集っていた。ふと、鳥類の声がしなくなったように思えた。傍の鳩森八幡神社にも行ったが、ほの白い顔をした人間が屯（たむろ）しているばかりで、鳴き声は聴こえない。大きな地震であったことをそれで解した。

電線がぐらぐら揺れるのをみていると、羽生王座に「地震は怖くありませんか？」と尋ねられる。同じ質問を王座に返すと「ええ、まあ」と微笑まれる。取材は屋外でも続けられ、終始朗らかな声が聞こえていた。その後羽生王座のすがたは消えた。いつごろどのように帰ったのかわからないことが夜更けに話題となり、「さすが羽生さんだ」とみな声を揃えて言った。

中断、再度

午後四時、対局再開、かに思われた。盤は動かず、駒も定められたマス目から飛び出しはしなかった。何も変わっていないことにかえって驚かされた。棋士は着座するとわずかにずれた駒をさっと整え直す。郷田九段は盤面を一度見てから顔をあげ、「余震が大きかったらこちらを気にせず逃げていいから」と記録係の少年に言う。再開されたもののお茶が揺れるほどの余震が複数回つづき、勝又六段が郷田九段に対局を続行するか否か確認を問う。五分と経たずに再度中断。対局室前の廊下に棋士が集合する。談笑する棋士が多いなか村山五段は壁をにらんでいた。指し手が進んでいるため、中止や延期は不可能となった。かわりに夕食休憩を含めた中断を再度とることに決まる。思考が寸断されるかたちとなった。

後日、地震発生時の対局室の様子を村山五段から聞いた。揺れが続くなか背筋を伸ばして森下九段は笑っていた。他の棋士も盤面から離れない。長引く揺れに奨励会員の身を案じた郷田九段が、いったん外にでることを促し、漸く対局をきりあげたのだという。

開いている店をさがしてはやめの夕食をとる。会館近くの中国料理屋に入ると何組かの棋士をみかける。郷田九段も植山七段と食事をとっているようだった。ピータン、玉子ときくらげの炒めもの、白身魚のあんかけ、上海チャーハン、等々。円卓がぐるぐるまわりつづけていた。

再開

午後六時、約三時間の中断を経て、ようやく対局再開。

それぞれの盤の周囲がにわかにかたくなる。意識の焦点がさらに絞られてゆく。救急車が近くを通る。サイレンが対局室内に鳴り響くが、外の騒音は棋士の耳には届いていないようだった。

村山五段は常に盤と距離をとって坐り、ときおり、対局者の方へと目を遣る。思考をはかろうとしているのではなく、目の前の人間の動作をただの動作のままみているように思えた。

両対局者越しに盤をみつめていると、身のうちの時間感覚が雪崩を起こす。いまがいつであるのかが簡単にわからなくなってゆく。すでに長大な年月が過ぎ去っていったような途方もない気持ちになっていた。

三階の記者室で帰る術を失った棋士たちが一手先の変化を検討する。

郷田九段は「将棋の研究をしているとあまりにも良く出来過ぎているので、今世は何回目かの文明ではないかなと前はよく思っていた」と後に語った。その円環的時間のことがずっと印象に残っている。

テレビから、ひっきりなしに、津波情報、気仙沼市の火災、福島原発の映像が流れる。隣のモニター画面からは対局室の盤がうつる。あらゆることが同時に起こっている。どちらともあまりにも日常的な光景から隔絶していて、世界に「いま」のこととして生起しているとは思えなかった。

午後八時三十分、再び対局室に入る。余震からくる家鳴り。それとはまたべつの軋みが盤上に音なくあがっている。

深海魚

午後十時十五分、局面激化。対局室は湿気り、熱っぽくなずんでいる。

記録台の脇で呼吸することも苦しかった。鼻がむず痒くなるがかむこともやはり憚られる。のしかかられたような重みを総身で感じる。十分と居続けられるか不安になる。

両対局者が深海魚のようにみえる。生息深度が根本から違う生きものに変じたように思えていた。両対局者の意識は、盤面へと沈みこみつづける。同じ空間で呼吸をしていることが耐え難かった。

村山五段が深いため息とともに坐り直す。「何分かかりましたか?」「二十一分です」という村山五段と記録係とのやりとりがある。控室で、三時間の中断によって、対局者の体感時間は大きくくずれてしまっていることを話していたばかりだった。

小一時間ほど対局室内で過ごし、そっと記者室に戻る。解説の飯塚七段、藤井猛九段、先崎八段、行方尚史八段、阿久津主税七段、勝又六段らのすがた。即席の詰将棋をつくっては解き合っている。本局の手の意味をまったく読みとれず呆然としていると、あんドーナツを破顔して食べていた阿久津七段が、手元の盤に駒を並べ、郷田九段の駒の配置は曲線的になっているためひとつひとつ存分に働いていること、先手の村山五段は、駒がひとりぼっちになっている状態であることを、明晰な言葉で説明する。

日付がかわって午前零時。残り時間を表記した紙に、記録係が一分ごとにシャッと音をたてて×をつくる。それがやけに響く。

大逆転

午前零時台、「負けました」の声が他の対局室からあがる。感想戦の声も漏れ聞こえる。すでに対局を終えたところは記録係の少年が眠たそうな顔で片付けをしていた。余震。幾度目かわからない。机に置かれたほうじ茶が音を立てて揺れる。リップクリームの油脂が水面にのって茶が揺すられるたびに光る。対局者に揺れは感知されているのかもわからない。集中が極まっている。

郷田九段は首の後ろに手をあててのけぞる。村山五段はミネラルウォーターをコップに注ぎ、口を濡らす程度に飲んでは、視線を天井へともちあげて、にらんでいた。

郷田九段の打つ126手目6六歩の後、飯塚七段が「最後の最後で驚きの大逆転」だと言った2二金のことを、後日、村山五段に尋ねた。棋譜をみていると当時の心境がわかると言いながら「詰むとわかって一分時間を使ったのは、興奮しているのを鎮めるためだったようだ」と話す。戦況を他人事のように呟いていた。

同時五十五分、村山五段が一分将棋に入る。上体を落として水平に盤をみる村山五段。郷田九段は、右手を何度も駒台の上に添える。それぞれの時間を削りきり、持ち時間の書かれた紙は記録台の上に残りかすのように捨て置かれていた。線香花火を消したときの、酸化鉄のにおいのような、いつまでもかぎなれることのできない、独特の、熱いにおいが散っていた。ため息や駒を動かす音、空気ぜんたいがごわごわしていた。

局後

午前一時八分、郷田九段投了。

感想戦の際、「後は即詰みです」と郷田九段は口にしてから、一手にかよう意味を読み取れない私にも解るよう、ゆっくり駒を動かして説明する。一呼吸あって両者目を合わせる。午前二時二十三分、感想戦終了。

電車が動き始めるのを待つために将棋会館で夜を過ごす。廊下の椅子に腰掛けている郷田九段と少しだけ言葉をやりとりする。「予定通りなのに苦しかった」という声を聞く。テレビ放送の音。村山五段は藤井九段、飯塚七段たちと盤を囲んで談笑している。地震の最中、いまできうることを粛々とつとめた棋士の姿勢に畏敬をおぼえる。

うつらうつらしていると雲鶴の間に移ることを薦められる。また余震が来たように感じられたが三半規管に狂いが出ていて身体のなかだけが揺れているのかもしれなかった。お酒を片手に歓談する行方八段の声が聞こえる。座布団を枕に仮眠をとる。肌寒い。さっきまで人知を越える熱がたぎっていた場所と同じには思えなかった。ほとんど閉じかけの目から空があかるみはじめているのをぼんやりみていた。さっきまで対局が行われていた室内に横たわっていることがふしぎで仕方がなかった。

駒をしまうと盤上はのっぺらぼうになる。存在していた規則も意味も失われる。一局のうちにとめどない変化を目にしていたはずだった。盤はいかなる痕跡も残さない。勝負が終わればすべて消える。

「将棋観戦記　二〇一一年三月十一日」

私は駒の動かし方を知っている程度の、非常に棋力の低い将棋ファンなので、将棋の先生方の解説の意味もよくわからなかった。わからないことは書けないから、感じたことだけを書こうときめたら、手についてはー切書かない観戦記になった。柳瀬尚紀さんから手のことは書かなくていいとはげまされて、それがほんとうに嬉しかった。いまは、観る将棋ファンが顕在化していて、観るだけの人がなにか書いても咎められることはないと思うけれど、私が観戦記を書いたときは、肩身が狭かった（2ちゃんねるには同志がたくさんいたけれど）。

ALL IN TWILIGHT

去年（二〇一二）の六月、ちょうど三月十一日から三ヵ月が経とうとしていたときに、宮城県と福島県にでかけた。チャリティライブに参加することになった音楽家・渋谷慶一郎さんからの誘いで、よかったらそれに同行しないか、と友人の結婚式二次会会場でビンゴゲームをしている最中に連絡をもらった。土地に縁のない人間が「みたい」という欲望を優先させてみにいっていいのかという逡巡はあったけれど、そう思うよりもさきに、参加させてください、と返事をしていた。行きたいと思ったきっかけのひとつは、代官山のカフェで写真家の新津保建秀さんにみせてもらった、無人になった浪江町の信号機の様子——のちに映像作品「Namie 0420」として発表された

――がずっと心に引っかかっていたからだと思う。宮城県女川町の浜辺を歩いていたとき、土のうえでわれわれが暮らしていることを実感していた。大陸は移動しつづけている。いまの地形も暫定的なものでしかないのだから、領土という言葉がばかばかしく思えたりもする。出入りするときにしかドアを開けていないのに、車のなかに蝿がはいりこんだ。三十匹は超えていた。光を感知してサンルーフにびっしりかたまる、その羽音。女川町からいわき市にむかうまでの長い道のりで話した会話は終始おちゃらけていた。ずっと下ネタ。あえてそんな話でもしていないと、苦しくなるからだったか。ちいさい声で“Fly Me To The Moon”をくちずさんでいたら隣に座っていた七尾旅人さんも、ちょうど数日間同じ曲が頭のうちにながれていたのだと言って、いっしょにくちずさむ。車をとめて休憩していたとき、車中にいた八人全員、電灯と月をとり違えたりした。石巻市で讃岐うどんを食べる。私はうどんにくわえておにぎりを三つ食べた。異様にお腹がすいていた。車中から嗅いだにおい。人糞、海産物の腐敗したもの、粉塵。化学反応を起こした薬品類の刺激臭。煤。燃え残った物質のにおい。潮枯れした松、作業場のヘルメット、ながれついた運動靴、車道に転がる墓石、花火のかす、横転したトラクターにびっしり蝿がたかる。ないことがただあるばかりだった。市街地では感情が波だつのだが、女川町の人の住んでいなかった海浜を歩いていたときは、興奮も、美しいと感じるような感情も一切わかなかった。悲しみもなかった。人が死んだことさえわからないくらいになにもない。すべて等価で、ただ土のうえに自分がいまいるという感触だけある。ここが地球だという認識だけある。それを、零度の興奮と東京に帰ったときに言葉にしてみたけれど、どの言葉もしっくりこない。感情というのは人間の根っこではない。そんな気がする。無感情になったのではなくて、すべての感情が等価だった。

十一月、渋谷にあるVIRONという店で、大切な友人でもあるギャラリストの菊竹さんと夕ごはんを食べながら、被災地に行った話をしていた。ジビエの季節だったので、焼かれた鳩の切り身を内臓をぐつぐつ煮込んだソースに絡めて食べていた。約一年ぶりに会ったので話は尽きなかった。被災地の話から、菊竹さんに、ふと、志賀理江子の名前をだした。彼女の作品に惹かれていたが、何歳くらいの人でどこに住んでいるのか何も知らなかったので、仙台で被災してネガが流されたらしい、ということだけを知り合いから聞いて、それではじめて仙台にお住まいだったと知った。それがずっと気にかかっていた。菊竹さんにそのことをたずねると、彼はちょうど彼女に会ったばかりだった。たがいに驚いた。彼が今度創刊する雑誌に、彼女の特集を組む予定で、ロングインタビューをしたいと震災前から申し込んでいたのだという。家に帰り、菊竹さんから送ってもらった彼女のインタビューの言葉をじっくり読むことができた。以来、ずっと言葉にこめられたイメージを考えている。ひとりでも多くの人に彼女の言葉を読んでほしいと思ったので、少しながくなるけれど引用したい。

「――地震の直後にいただいたメールに、すべてが流されてあらゆる価値がフラットになってしまった状態について書いていていました。

志賀 もうゼロもない地平線というか。その瞬間は、ワーって本当にただ怖いだけなの。津波も、もうただただ怖いだけで。でも、その恐怖の絶頂でブチっと切れて亡くなってしまった方がたくさんいる。あのフラットな世界、津波の後のあの夜の世界、真っ暗だったから、怖いとか、人間の感情とか、死んでるとか、生きてるとか、今ここにあるカップだとかがないっていうのはこういう感じなんだなというか。つまりは、通常あるような違和感っていうのがなかった。それは絶対忘れたくない。災害的なカタルシスが訪れた後、またモノの価値が生まれ始めて、時間が巻き戻されていったけど、あの空間は覚えておかないと。そこには、一枚の写真が抗ってくるというのが関

係しているような感じがしてる。」(『凶区』創刊号、二〇一二年、BOOK PEAK)

被災したすべてのひとが感じることではないだろう。被災しなかったひとには決してわからない感覚だとわたしは断定したくない。彼女が感じた「ゼロもない地平線」のことをずっと想像している。

「ALL IN TWILIGHT」

志賀理江子さんとは、せんだいメディアテークの談話を聞きに行ったことで知り合い、立ち食い鮨を食べたり（志賀さんは一貫80円のめかぶばっかり頼むので、そんなに、めかぶばっかり注文して大丈夫か、板前さんに怒られないか心配になるほどだった）、いっしょに温泉に行ったり、ときどき会ったりしている。尊敬しているひとなのだけれど、会っているときは、ほぼ、ギャルトークしかしていない。さいきん買ったシャンプーの匂いの話、など。

志賀さんにお子さんがうまれたあと、彼女が私の家に泊まりにくるタイミングがあった。私は、志賀さんの母乳を、直接乳房から吸わせてもらった。都合三度ほど飲ませてもらった。お子さんが吸った後のおこぼれというか、さいごのひと吸い。志賀さんのことが好きなので、好きな人の血液だったものを飲めることにもよろこびがあった。飲んでみると、毎度味が違う。あかちゃんはけっこうグルメだと思う。そして、うまく吸えないことにもとまどった。吸いたいのに吸えない。吸い方が思い出せない。歯があるから、乳首を傷つけないか怖かった。くちびるで歯を覆って、吸い付いた。大きくなると忘れてしまうことはたくさんあるけれど、そのひとつが乳房の吸い方だと思う。母乳は、たまごぼうろ、甘酒、コーンポタージュ、のような味がした。どうして子供のころあんなにたまごぼうろが好きだったのか、はじめてわかった。あれは乳の味なのか。

選ばれなかった一手　将棋感想戦見学記

対局室の窓からは新緑の丈高い木立が揺れてみえるはずが、カーテンは二日間閉めきられていた。ガラス窓一枚隔てて外と接しているはずなのに、対局室に入ると潜水艦のような閉塞感がある。総身にきつく圧がかかり、呼吸ができない。五時の時報、鴉が鳴く声がしても、それがまったく現在の音として室内に届かない。羽生名人が中指をわずかに嚙む。向かい合う二人の息も重い。一手さきの未来を考えては壊し、また考える。それを二日間繰り返している。各九時間ある持ち時間が摩滅してゆく。時間は流れるものではなく削りとられるものとして存在する。終局直前の羽生名人の手が震える。形相は凄まじく、人が人からはみでてしまい、人間としての面立ちは裂けていた。

投了を検討室のモニターでみる。対局会場にむかうために庭園の池にかかる木製の細長い橋を急ぎ足で渡ってゆく。よく肥えた錦鯉が陽をうけて銀色にひかっていたがいまは水が黒く何もみえない。対局室に座る。すべての人が黙するなか、記者が口火を切って名人に声をかける。終局した部屋に言葉が放たれることで、室内全体に時間が流れはじめる。羽生名人から声になる手前の息の擦れが聞こえる。両の手で額を覆い深く屈みこむ行方挑戦者のすがた。どちらも直視できず、凝ったままの投了図をみていた。

感想戦がはじまる。投了した盤面からふたりの手で時間が戻され、初期配置から再びはじまる。ふしぎな光景だった。たがいに顔は見合わせず、手を動かしながら、選びとらなかった可能性のことを、くちにする。ふたりにほんとうは言葉など必要ない。声を発して手を動かすことが、場を鎮める儀式にもなっている。

感想戦中、羽生名人は「わからないですね」と何度もくちにしていた。タオルで顔を拭い、険しい目をしていた行方挑戦者も、駒を動かし「わからないです」と僅かに笑みを浮かべる。感想戦によって、わからないことが、わかることとして収束してゆくことはなく、むしろ選ばれなかった一手のさきにある未来が増殖し、わからなさがふえる。将棋の法則が持っている可能性をふたりで楽しんでいるようにみえた。

一時間ほど探求はつづき、立会人の大内延介九段が「なかなか結論がでないですか。では難解だということで」と声をあげたことでふいに終わる。事務的な打ち上げ会場についての説明が聞こえはじめる。両者は礼をし、羽生名人が駒をしまう。行方挑戦者は、一瞬にして崩れてゆく盤面をみながら何度か頷き、棋譜用紙を畳んで巾着袋にしまう。駒箱を置く羽生名人は空をみる。表情は人に戻っている。ふたりが退室する。盤を挟む座布団に、ふたりの体の重みが残っている。

「選ばれなかった一手　将棋感想戦見学記」

対局室の張り詰めた空気感はすさまじい。ずっといるとお腹が痛くなってくるし、体が圧迫感でぺちゃんこに潰れてしまう気がする。名人戦の季節は、花粉症で鼻水がでる。緊張していても、かわらず垂れてくる。ティシュでぬぐったり、鼻をかんだりしたいのだけれど、その音が対局室にひびいて、先生方のお耳に入ってはならない、と思うと、かめない。じっさいは私が鼻をかんだところで、棋士の集中力が途切れるなどということはないのだけれど、なにかひとつの動作をすることにもためらいがでるほど、対局室のなかは異質なのだった。

ミサイルきょうはこなかった　二〇一七年四月

四月九日（日）

六本木のソメイヨシノ満開。雨だけれど、とらやで上生菓子を買って散歩した。寒い日が多いからか今年の桜は長持ちしていて、どこもかしこも満開で、白すぎておそろしい。上生菓子はひとくちで食べてしまった。昔、茶の湯の稽古をはじめてつけてもらうときに、どでかい大福みたいなのが黒文字なしででてきたので、どうやって食べていいのかわからず、丸呑みしてしまったことがある。二回目の稽古をつけてもらうことなく十五年経った。冬服にこりごりしたひとたちが薄着で歩いているがひじょうに寒そう。私はカイロを腰と肩に二枚貼っている。家に帰って、井原西鶴の『世間胸算用』を読む。西鶴の非人情さすごい。夜、夫が辛めのガパオライスと鶏肉のスープをつくってくれる。

四月十日（月）

朝ごはんは、ふりかけのわさび茶漬けにじゃこと梅干しを足した。わさびのおかげで大量に鼻水が出た。東京国立博物館で開催される「茶の湯」展に行く。『芸術新潮』で、千宗屋さんと対談することになったので、前もってみておく。昔は茶の湯が苦手だったのに、千さんのおかげで、すこしずつ好きになっている。千さんの港区のマンションにあるお茶室におじゃましたとき、マンションのリビングに引き戸があると思ったら、引き戸のむこうに土壁の茶室がにわかにあらわれて、ＳＦみたいな光景に驚いた。茶室からみえる東京タワーが、五輪塔や灯籠にみえた。

展覧会は一時間半しか見る時間がなかった。長次郎の黒楽「ムキ栗」、四方のあるお茶碗があるなんてはじめて知った。四角いけれど造作を感じない茶碗。茶室のなかにさらにお碗の空間があって、お茶をのんだらそのままなかにおちて千年くらい眠りたくなる。瀬戸黒茶碗の「冬の夜」が忘れられない。銘の通り、青く凍っているような色味があった。美しい。あれにお湯が入ったらどんなお茶になるんだろう。光悦の

「時雨」もいいなあ。むかし出光美術館でみた黒楽の「村雲」より好きかも。よくわかっていないけれど、メモをとりながらみていた。開場が一時間半しかなかったから、急ぎ足になった。名品がそろいすぎていて、終わるころはげっそり。鍋焼きうどんを食べて、昼寝。夜、神楽坂のピザ屋に行く。イッセイ ミヤケのメンズデザイナーの高橋悠介君と、新潮社の高橋さんと、夫と、夕食。バーバリーとかがはじめたシーナウバイナウの話をした。私はリアルクローズから遠いものをコレクションではみたいから複雑である。消費者としては「すぐ着られる」というのはありがたいけれど。快調にピザを食べていると、高橋君から、これからは兼業がふつうの時代だから、小説家も小説一本じゃなくて、なにかほかのこともできた方がいい、と言われる。

四月十一日（火）

朝ごはん、くたくたに煮た玉葱のお味噌汁、みりんと醬油を少量おとしたちりめんじゃことたまごかけごはん。どしゃぶりのなか紀尾井町。文藝春秋社の一室で研鑽会。研鑽会は、日本の古典文学を輪読して、あれこれ感想を言い合う会。町田康さん、都甲幸治さん、藤野可織さん、浅井茉莉子さん、下平尾直さん、みんなでいろいろ話す。研鑽会はいつも楽しい。おやつを食べながら二時間ほど井原西鶴『世間胸算用』についてしゃべる。蕎麦屋で簡単な夕飯をみんなでとりながら、Instagram で、資産家夫人が私生活をさかんに自撮りしているアカウントの話で盛り上がる。新幹線のグリーン車を貸し切りにして旅行をしたり、自邸の池に鮎を放ったり、細胞再生注射を週一で打つさまを自撮り棒でうつしてライブ配信している。FENDI の毛皮のコートを羽織りながら、「やっぱりお買い物は泥酔してからじゃないとね」と宣う。破滅にむかうきらめきを感じる。西鶴だ。

四月十二日（水）

昼過ぎまでぐうたら。アボカドをオリーブオイルと醤油であえて、ごはんのうえに乗っけて、さらにしらすをこんもり盛って食べた。炊飯器がほしいと思いながらも、持たずに一年が過ぎた。アボカドしらす丼おいしい。夕方、ふんばって TIMELESS 書く。夜はスパイラルホール五階櫻井焙茶研究所へ。ここの茶葉が小説のなかのお茶になっている。

四月十三日（木）

広告の撮影。終えてから TIMELESS 書く。夜、複数人で火鍋の会食。鍋が煮えるまで待たねばならず、みな無言で鍋をみていた。吉原の遊郭では、豪華な食事の膳が並ぶけれど、それを誰も食べてはならないというきまりがある。遊女が食べるのはとくに御法度。遊女は人間らしくしてはいけないらしい。お客さんも、膳にくちをつけたら野暮な男として店中の笑いものになる。なんていやなシステムだろう。誰も食べない贅を尽くした料理。宴席が終わったら台所で誰かが食べるんだろうか。食品サンプルが江戸時代にあったら売れただろうな。蠟燭のあかりしかないし誰も食べないからばれない。

四月十四日（金）

シャンプーせずに眠ってしまったから、髪の毛に前夜食べた火鍋の生薬のようなにおいが残っている。昼に、パスタゆでる。パクチー、ベビーリーフ、セロリ、トマト、ツナを、オリーブオイルやナンプラー、千鳥酢であえて、パスタと絡めて食べた。

四月十五日（土）

起き抜けに、夫と古生代の海の生きものの話をした。いきなり春らしくなると体がだるくなる。TIMELESS を書いていたら夜になった。牛すじと茄子のカレーつくった。ミサイルきょうはこなかった。ルゴーネスの「火の雨」を読んだ。

「ミサイルきょうはこなかった
二〇一七年四月」

『新潮』誌上で、週替わりに書き手がリレーしてゆく日記。すっかり書いたことを忘れていて、一年後に掲載されたときに、じぶんの忘れっぽさにあきれた。iphoneのメモ機能のおかげで、日々のことを残しやすかった。とはいえ、日記って、そのために生きているわけではないから、なんとも単調。花輪和一の『刑務所の中』を読んだとき、食べものの描写がすごく面白かったから、せめて食べものだけはていねいにつけようと思いながら、めんどうくさくてできなかった。毎度、この日記特集で個人的にハイライトとして読んでいるのは金原ひとみさんの日記。届くとはじめに読んでいる。

Ⅱ

溶けない霜柱

「未明、夏の庭に霜柱が立つのを見た。と言っても、夢のことである」(『音、沈黙と測りあえるほどに』新潮社、一九七一年)

そう書かれて武満徹の「日録」というエッセイははじまる。本来は冬にしか起こりえない地中の水分が柱状に凍る現象が、なぜか夏の朝に起きる。夢なのだからなんでも起こる。実際には重なることのない現象と季節が、夢では可能になる。夢は偏見も意図もないから面白い。

薄手の寝間着で朝日のなか庭におりて、つっかけサンダルで、ざくざく割れる音の霜柱を踏みたい。武満徹のみた夢が美しくて忘れられず、溶けない霜柱を、夏になると思い出す。武満徹のことばや音楽は、季節に直結して記憶していることが多い。繰りかえしそのエッセイを読んでいるから、すでにじぶんの記憶のようになっている。

夏の庭に立った霜柱への憧れを話していたら、これは溶けないよ、と「霜ばしら」という名の銘菓をいただいた。冬期にしか販売していない仙台銘菓で、予約待ちのものらしい。丸い缶をあけると、天花粉のような粉砂糖が敷き詰められていて、缶の中は雪原になっている。手探りでさらさらした粉のなかに指先をいれると、将棋の駒くらいの大きさの飴がたくさん埋もれていた。飴は、真っ白く、厚みや柱状の雰囲気まで、確かに霜柱に似ていた。そっとつまんでくちにふくむと、さくさく音がしてすっと溶けてしまう。綿あめの味がしていた。そのお菓子を夏の朝に食べようと思ってとっておいたのだが、先日蓋をあけてみたら、西向きの部屋に置きつづけていたからか、ぜんたいがべとついていた。溶けない霜柱はやはり夢のなかにしかないのかもしれない。

お盆を過ぎたころになると、武満徹の「秋庭歌一具」をききはじめる。それが夏の終わりのならいになっている。まだ暑いけれど、この音楽をきくと、とたんに黒っぽい服が着たくなる。ウールを恋しいと思う。熱気は体にこもっているけれど「秋庭歌一具」をきいていると、わずかにだけれどそれがとりはらわれてゆく。窓をあけて、ちいさい音量でレコードをかける。フローリングに横たわってきいていると、次第に、秋草図屏風のなかで眠っているような気がする。あたりが金色の薄野原になって、ゆっくり名月がではじめる。萩や葛が揺れて、秋虫も鳴く。景色そのものが音楽になっている。「秋庭歌一具」をかけるから秋が来るのか、秋が来たから「秋庭歌一具」をきくのか、いつもわからなくなる。

「溶けない霜柱」

仙台銘菓の「霜ばしら」は櫻子ちゃんというはとこのおねえさんからもらって知った。櫻子ちゃんは興福寺の銅造仏頭に似ていて、すがすがしい美しさがある。子供のころからときどき会っていたが、ひととなりまでは知らなかった。数年前、古美術のエッセイを書くときに、はじめて日本橋にある有名な古美術のお店に櫻子ちゃんがいると知った。

櫻子ちゃんは、忍者になりたかった学生時代、バクチク（?）をスカートにいれて登下校していた。我が家にきたときは、リビングの壁におしりをこすりつけ、櫻子ちゃんの夫（ハンサム）にコラ！ 人の家でマーキングしない！ としかられていた。櫻子ちゃんは知らんぷりして猫のまねをつづけていた。そんなお姉さんからのプレゼントで、とても嬉しかった。「霜ばしら」は冬だけしかつくられないのだときいた。ひんやりした綿あめのような味。缶をあけると白に白が埋もれていて、あまりにも繊細なお菓子なので、もったいなくて、あけてはしめてをくりかえしていたら、季節が過ぎて夏になり、お菓子の霜柱も溶けてしまった。捨てるのもしのびなくて、缶をあけしめしては、いつもそばに置いている。

さっきより月が大きくみえる

待ち合わせに遅刻する人としない人がいる。仕事では遅刻しないが私用になるととたんにルーズになるタイプの人がいる。私はそれにあたる。

仕事の対談などは緊張して待ち合わせの三十分前に最寄り駅に着いたりするのに、私用になるとまるでだめで、待ち合わせ時間に家を出る、とかザラにある。その場合は怠惰さからくるのだろうけれど、デートの場合は緊張して、きまって遅刻する。マスカラが目の下についてぬぐっているうちに今度はコンシーラーがよれたりしてなおしつづけて時間が過ぎてしまったとか、ヒールで歩くのが遅いうえにお店の場所がGoogleMap でみてもよくわからないとか、遅刻の理由はいくらでもふえる。用意していた服がいまひとつしっくりこないから着替えたものの、そういうときは、なにに着替えたとしても同様にしっくりこないから、時間を気にしつつ何度も着替えを繰りかえすうちに襟ぐりにファンデーションをつけてしまったりして待ち合わせ時間は過ぎてしまう。

恋人と待ち合わせると、彼はたいてい本を読んで待っている。カウンターに座ってインディア・ペールエールを飲んでいて、LAMYの銀色の万年筆で本に線をひいたり笑ったりしながら読んでいる。待ち合わせをした相手が本を読んで待っていたことを知るとほんの少し安心する。人を待つことでうまれた時間の余白を楽しんでいるように思える。彼はクラッチバッグのときも文庫本を一冊しのばせる。本を持っていると安心するらしい。読んでも読まなくてもいいのだから、時間の隙間ができたときに、かばんのなかに本があれば、それだけ時間の過ごし方がふえる。お守りのようなものだと彼は言っていた。

はじめてデートをしたとき、彼が吉田健一の小説が好きだと言った。『旅の時間』が好きらしい。多くの作品が絶版になってしまっているので、同い年で読んでいる人がいることに驚いた。吉田健一の文章はどこから読み始めてもいいし、どこで読み終えてもいい。流れるような言葉が本を開くとあらわれる。飛行機のなかや待ち合わせ場所でのんびり読むのに合う、と話した。その夜は十月なのにひまわりが咲いていた。

　月がきれいな日に、彼が来るのを待っていた。めずらしく私の方が待っていた。夕暮れの月がいつもより白かったから吉田健一の『怪奇な話』が読みたくなってバッグにねじこんだ。『怪奇な話』は書名の通り、ふしぎな話ばかりが収められている短編集で、魔法使いのアクセルがじぶんの腕試しに、フランスの Mont-Saint-Michel とイギリスの St. Michael's Mount といぅふたつの僧院のある島を入れ替えようとしたり（「山運び」）、万七という男が月に魅せられて、月を見つづけているうちに月の沙漠にたどり着いてしまったりする（「月」）。吉田健一を読んでいると、じぶんがどのくらいの時間を過ごしたのかがあいまいになる。本を閉じるとさっきより月が大きくなったようにみえる。月はそんな短時間で大きさを変えたりするんだろうか。彼が着いたらそのことを話そうと思うのに、会ったとたん、思っていたことを忘れてしまう。

「さっきより月が大きくみえる」

恋人はのちに夫となった。結婚四年目、かわらず仲良く暮らしている。さいきんは、ふたりでブランケットにくるまり、外は氷河期という設定で、外はさむいよぉ、ふぶいてきたよぉ、とひとしきり言い合ってから眠るという、このエッセイを書いたころには想像もつかない完全な幼児退行をしながら暮らしている。私は幼稚園のころ、布団のなかに家にあるお気に入りのぬいぐるみたちをたくさんまねきいれて、吹雪からみんなを守る、という設定の遊びをよくしていた。その話を何かのはずみでしたところ、夫もタオルケットをかぶって、布団の外は雪山という妄想をしていたらしい。いまは夫婦でやっている。

ボイラー室の隣で

〝葛の花　踏みしだかれて、色あたらし。この山道を行きし人あり〟（釈迢空）

大学帰り、東急東横線に揺られながら、釈迢空の歌を読んでいた。奥熊野で詠まれた一首だと知って、窓越しの多摩川をみながら、しばらく大学を休んで、熊野に行ってみようと決めた。高校三年間、社交と遊びにいそしんでいた反動で、急に携帯電話も解約した。人づきあいが苦手になって誰かといっしょに過ごすことが億劫だったのもあった。

秋になると心がさびしくなる。さびしくなると、ふしぎと人里からもっと離れたいと思う。山道への旅心をくすぐられて、すぐに新幹線の切符を買った。釈迢空、泉鏡花、南方熊楠。それから中上健次の『熊野集』をリュックサックにしまって出かけた。背負うことはできても、本をいれすぎたのか、これでは山道を歩けないことに気づいたけれど、すでにそのときは熊野の新宮にいた。

熊野古道を少しずつ歩きながら、毎日いろいろな場所に泊まった。くずの花は見当たらなかった。というか、くずの花をみたことがないので、咲いていてもわからなかった。熊野には小栗判官伝説で有名な温泉があって、温泉水ですべてのものを煮炊きする旅館があると知って、そこにも立ち寄った。古くからある旅館で、ほとんど客らしい人も見当たらないのに、学生の一人旅だからなのか、ボイラー室のとなりの四畳半に通された。たえず物音がしている部屋だった。がたがたと木枠にはめられたガラス窓が揺れるのが煩わしくて、夕食のできる時刻まで、川縁に腰掛けて家族に手紙を書いたりしていた。温泉がいたるところから湧き出していて、九十度ほどある湯筒にさつまいもをいれておくと、ふかしいもができるというので、かたちのいびつないもを買ってそこにいれた。私のほか誰も旅客をみなかった。

夕食のころ部屋に戻る。がたがた窓が揺れるのはなにもかわらなかった。無愛想な仲居さんが、膳を運んではすぐ消える。米も豆腐も、ほんのり黄色みを帯びていて、湯のにおいがしていた。米はやわらかく、食べていると体がぬくまって、浴衣がすこし汗ばんだ。食べ終わるころはボイラーの振動音に耳が麻痺したのかなにも気にならなくなっていた。布団を敷いてもらっているあいだ、浴場にゆく廊下を歩いていると、大広間では宴会が開かれている様子だったが、奇妙なことに賑やかな音がまるできこえなかった。スリッパだけが並んでいて、しんとしている。膳の音がときどきかちゃかちゃきこえるばかりだった。浴室にも誰もいなかった。電灯のほとんどない暗い湯につかり、汗をたくさんかいてふらふらしながら、布団に寝転がった。まだ九時にもなっていなかった。持ってきていた本はどれも粘度の高いことばだから、時間はいくらあっても足りなかった。中上健次の『熊野集』のなかの「不死」を読む。時間にみはなされた被慈利がずっと山中を歩いている。表から聞こえる竹の葉の擦れる音が被慈利の喉笛の音にきこえはじめ、ジャアラジャアラジャアラ、と経文を唱えるような音に、窓の振動音がきこえる。山の斜面の丈高い杉のあいだを被慈利は歩き続けている。窓の向こうにつづく熊野の山道をいまも被慈利が歩きつづけている気がしていた。ジャアラジャアラと鳴る音に時間が吸い込まれ、私も吸い込まれ、このまま四畳半に寝そべりつづけるのではないかと思った。

「ボイラー室の隣で」

熊野古道を歩いた帰り、勝浦漁港の近くに泊まった。イルカの酢みそあえがでたのをおぼえている。暗い顔でもしていたのか、女性一人旅を心配されて、仲居さんにやたらと声をかけられた。食事が終って本を読んでいるとドアをノックされ、いまホテルの屋上で、ビアガーデンをひらいております、マグロのカマを鉄板で焼いておりますので、よかったらぜひ、無料です、と三度ほど言われた。そんなにおすすめならばと思い、屋上に行ってみた。驚くほど誰もおらず、マグロのカマの前にいる料理人の数の方が多かった。一組だけお客さんがいた。若い男女のカップルで、ものすごくおおきなカマを前に、ふたりで手をにぎり、みつめあっていた。ふたりのあいだ、というか、そばには、マグロの白目、頭の一部があった。ジュウジュウ、人もいないのに、マグロのカマが焼かれつづける。屋上のフェンスには、鯨とマグロが笑顔で泳いでいるモチーフのイルミネーションがちかちか灯っていた。

サンタクロース

パジャマに着替えてベッドにもぐりこむ。つめたい布団に入って、羽毛布団のなかでしだいに暖まってゆく時間が好きだった。ぬくぬく、と自分で擬音語を声にする。寒い一日だとなおさらベッドのなかに入って過ごす夜の時間が心地よかった。

ほんのわずかな時間しかまぶたをあけていられないのだが、眠たい目をこすりながら、枕を高くして図鑑をながめた。文字を読むことを億劫がる子供だったから、物語の筋を注意していないといけないものは苦手だった。死んだはずの人が十ページ先に行くとなにごともなかったように朝食をとっていたり、敵対する人物の名前をとり違えていたり、重要な設定を簡単に誤るので、小説は苦手だった。

恐竜。地球。宇宙。図鑑をめくりながら、かつてあった時間を想像するのが好きだった。動物や昆虫といった生きものの気配は、昼だと楽しいのに、夜になると、とたんに怖くなる。夜になると図鑑のなかから動き出す気がしていた。そんなことはないとわかっても、どうしてもスライド式本棚の最奥にしまわないと気がすまなかった。昆虫図鑑に触れるとき、いつも手が痒くなるような気がして、指先でつまむようにページをめくった。世界に直接触れているような感覚が図鑑にはあった。

私は小学六年生までサンタクロースを漠然と信じていたので、冬になるといつもクリスマスのことを考えていた。サンタクロースならば、三越にもタカシマヤにも中目黒商店街のおもちゃ屋にも売っていないものが届くと信じていたから、つまびくごとに音が光り妖精が集まってくるハープ、アレルギーのまったくでない猫、溶けない雪、動き出す図鑑、願い事をしては、いつもほしいものとはまったく違うものが届いた。毎回「これじゃないんだよなあ」とぼやく。サンタクロースとの意思疎通がうまくはかれていないことには悩んだが、存在そのものへの疑念はまったくなかった。

サンタクロースをいちばん困らせたプレゼントのリクエストは「惑星」だった。図鑑では飽き足りず、ほんものの惑星がほしい、と願った。

クリスマスの朝、枕元におおきな箱が置かれてあった。ついに惑星がやってきた！と、いそいで包装紙をやぶくと、そこには、ホログラムで浮き出ているようにみえる土星の絵が一枚あるだけだった。ホログラムは子供から見ても稚拙なつくりだった。あまりの冴えなさに「サンタさんはぜんぜんわかってないよ」と両親に告げた。

箱のなかにわっかのある惑星が浮いていて、それが自転したりガス惑星らしい瑪瑙の色が変わるのを、何度もイメージしていた。どんなプレゼントでも、私はじぶんのイメージそのものを愛していたから、たとえほんもののサンタクロースが惑星をプレゼントしたとしても、がっかりしたのかもしれない。

二十五日の夜もぬくぬくとベッドにもぐりこむ。ホログラムの土星は勉強机の上に置いた。それを横目に、その日も宇宙図鑑をひらく。本の惑星をみている方がはるかに惑星そのものに触れていると思った。

「サンタクロース」

サンタさんくるかな、と幼い父が祖母にきいたとき、酔っ払っていた祖母は大声で、うるさいわねー、ちゃんと買うわよ、と言った。父はその言葉でサンタクロースの不在を知った。五歳くらいの思い出らしい。酔っ払っていたとはいえ、祖母はじつにデリカシーがない。それもあって、私が一日でも長くサンタを信じられるよう父は全力で演じていた。ときどき父は、私越しに、ちいさかったころの自分を抱きしめているような気がする。それは嬉しいことだ。おかげで私はサンタとの関係を満喫できた。はりきりすぎた父は、フランス語でサンタから私への手紙を書いてしまい、なぜ父の知っているフランス語なのだ？と疑念がわき、それがサンタが両親であることに気がつくきっかけにもなったのだが。

白湯とモンスーン

数年前、大分県の国東（くにさき）半島で暮らしたことがあった。国東半島芸術祭の滞在制作をするためで、私は演出家の飴屋法水さんと、パートナーのコロスケさん、五歳になったばかりのくるみちゃん、アシスタントや舞台製作のひとたちといっしょに、漁師がかつて住んでいたという廃屋を掃除して、ひとつ屋根の下で暮らしていた。玄関先にはよくフナムシがいた。多いときは十数人で、その家に住んだ。

台所では常に誰かがものを飲み食いし、暇があれば、そのちいさな台所に集まって、いっしょにつくっている作品のことからお天気のことまで、いろいろ話した。飽きないおしゃべりだった。たくさんのことを話したし、なにも話していなかったという気もする。大切なのは時間を共有することだから話している内容なぞなんでもいいのだという気がする。くるみちゃんはまだ文字が読めなかった。車で看板の前を通ると、くるみちゃんが読めるひらがながすこしずつふえていった。数字を書くのが好きで、数字にはなんでもマイナスをつけて書いていた。マイナスがいけていると思っていたらしい。壁に、1＋－2＝と解の書かれていない算式がいくつもいたずら書きされてあった。

私は演劇のテクストを書くことになっていたから、一人部屋だった。がらんとした畳敷きの部屋に、ブルーシートや雑誌のスクラップを壁に貼り付け、急ぎでメモをとりたいときはそのまま壁に書いた。日当たりのいい部屋だったが、霊感があるというアシスタントの女の子からは、私の部屋には子供の幽霊が出る、と言われた。え、そんな怖すぎ、絶対眠れないじゃん。そう思ったけど、夜はいつも誰よりも早く寝ていた。結局、私は一度も幽霊と遭遇することはなかった。

真夜中に、書くことを中断して、白湯を飲む。台所のシンクに寄りかかって、しずかに湯気が立っている湯飲みを両手でかかえた。みな台所で思い思いの時間を過ごしている。道の駅で買ったさつまいも入りの饅頭が置いてあるからそれをつまむ。ストーブ上に置かれたやかんがしゅうしゅう蒸気を出す。コロスケさんがくるみちゃんに本を読んでいる。

私は茶碗からのぼる湯気をみて、むしょうに寺田寅彦が読みたくなった。滞在先には持ってきていなかったから、青空文庫で読んだ。寺田寅彦には「茶碗の湯」というちいさな美しいエッセイがある。手のひらにおさまる茶碗からのぼる湯気というちいさな現象から、雲の生成の話になり、この地球上で起こる季節風（モンスーン）の大きな原理へと話が繋がってゆく。

白湯で温まった身体が冷えないよう、私室に帰る。暖房器具のない部屋だった。ヒマラヤ登山にも対応しているという寝袋のなかに急いでもぐってうとうとしている時間がいちばん好きだった。テンかなにかが天井裏を走り回る音がする。宵っ張りのくるみちゃんが遊んでいる声が聞こえる。国東はいつも星がきれいだった。

「白湯とモンスーン」

国東半島では朝食以外、ほとんど自炊をしなかった。近所のスーパーで売っていた納豆巻き、道の駅のたこ飯、冷たい具なしオムライス、日帰り温泉のうどん、鶏天定食などでしのいでいた。ベジタリアンのエンジニアZAKさんと東さんの二人がこさえたカレーやサンバルを日々くすねた。みんな料理がめんどうなので、二人が台所に立つと偶然をよそおって台所の近くにやってきて、ひとくちいる？と言われるのをねらっていた。毎日山歩きしていたから、ときどき自動販売機で飲むグレープファンタが、腹にしみた。砂糖の狂喜。当時五歳だったくるみちゃんは、くんちゃんはシュガ中（シュガー中毒）なのだと言っていたが、私も同じだった。

かき氷ざくざく

ロマンポルノがまとめて上映されるときいてでかけた。はじめてみるロマンポルノだった。ひとりで行ってみたが、同年代の女性一人客も多かった。音楽評論家の湯浅学さんともいっしょに行った。いくつかみたなかでも、というか、私の数少ない映画体験のなかでも、田中登監督『㊙色情めす市場』はぶっちぎりにかっこいい作品だった。モノクロ映画（なぜか最後の五分だけカラーになる）、大阪の西成地区が舞台になっている。炎天下、路地の階段に大股開きで座っている売春婦のトメがかき氷を食べているシーンから映画が始まる。がんがん、ざくざく、氷をくだきまくって、ガラスの器にスプーンをつきたてているような、苛立たしげな音。アフレコなのが、奇妙なリアルさがあった。トメの母もまた同業で、花柳幻舟が演じている。情夫（客）を、娘にとられて狂乱する花柳幻舟の迫力。

連続上映が終わったころ、ロマンポルノについて書かれた本を、ひとにすすめられて読んだ。著者は、日活が興行不振の打開策としてロマンポルノを始めた七一年に監督デビューし、ロマンポルノ終焉の八八年まで作品を現役で撮り続けた、唯一の監督である。彼の語る監督人生は、ロマンポルノの歴史そのものでもある。「性行為を連想させるからいけない」との理由で、直接性行為を撮っていないシーンにNGを出す映倫との戦い、寺院での野外ポルノシーン撮影の労苦、性器が画面に写らないよう周囲を布等で隠す「前貼り」のあてかたには女優の人柄がでる、といった現場のエピソードが面白い。一作ずつ作品を振り返りながら、女優や同時代の監督たちとのやりとりが回想される。一本の映画を十日前後で撮っているだけあって、凄まじい速度。その熱っぽさが気持ちよくてどんどん読んでしまう。スチール・撮影スナップも豊富で、作品ひとつ、女優ひとりとして知らなかったのだが、息もつけない十七年間の流れにのまれて、堪能した。

（小沼勝著『わが人生　わが日活ロマンポルノ』国書刊行会、二〇一二年）

「かき氷ざくざく」

私は映画館が苦手で、大きな音は本来嫌じゃないはずなのに(ライブは好きだ)、やたら音が大きくきこえて怖い。シートに座って、光をいっぱいあびて、じぶんのタイミングでとめられない物語があって、音がいっぱい流れると、呼吸ができなくなってきて、泣きたくなる。閉所恐怖症ぎみなのかもしれない。長い映画は刺激が強すぎて、みるとどっと疲れてしまう。だから、ほとんど映画をみたことがない。映画好きの人からするとあじけない人生だと思われるかもしれない。

ロマンポルノは、尺が短いときいたことと、十五分に一度セックスシーンがあるというのがどういうことなのか想像できず、エロ根性で行った。

『㊙色情めす市場』はそのあとＤＶＤを入手

して、家で同業の女友達五人とみたが、家でみるとかき氷の音はさほど印象的ではなくて、物足りなかった。あれが映画館でみる醍醐味だったのかとはじめて知った。

食べるように読んだ本

『時間の園丁』

音楽よりもさきにことばによって武満徹を知った。はじめて手にしたのは、『時間の園丁』で、中学生だった私は、家の本棚からその本のタイトルと宇佐美圭司の装画に惹かれて手にした。残念ながら絶版となっているけれど、現在は、『武満徹著作集』（新潮社）で読むことができる。手にしていると、はじまりもまた終わりもないような心地でいつまでも読みつづけてしまう。時は、過去から未来へとつらぬかれ、現在（いま）はたえず未来を向いて流れているのだと、武満のことばに心がなだめられる。

「できれば、鯨のような優雅で頑健な肉体（からだ）をもち、西も東もない海を泳ぎたい」（「時間の園丁」『武満徹著作集3』）

となえるように読んでいると、じぶんの頭のなかで膠のようになっていた思考のだまが、ゆっくりととろけて押し流されてゆく。なるたけ叙情をおさえ、ことばの輪郭をにじませないから、かえって、こめられた不定形のイメージや夢がそのまま読む人に伝ってゆく。目をつむりながらでも読むことができるようなことばだと思う。わわしくなく、とても静かで、土によって自然濾過された水と同じでまじりけがない。

武満の遺したすべてのことばは、いつまでもわきつづけるとうめいな青い水。朝陽をうけながら、その水に浸かり、ことば（と肉体）の制限から放たれたい。

『メモランダム　古橋悌二』

久しぶりにクラフトワークの「ネオン・ライツ」をきいていた。かわいた電子音が哀切で甘美なものとして流れてゆく。その曲は『メモランダム　古橋悌二』（リトル・モア）に収録されている浅田彰の書いた古橋悌二への追悼文の基底音となっている。

初めて読んだ十七歳のときから、その曲と本とに惹かれ続けている。アーティストグループ、ダムタイプの中心的存在として活躍していた古橋は、九五年にＡＩＤＳ発症に起因する敗血症で急逝した。

彼が遺したわずかなことばを読むたび、人が人ととりかわす〈愛〉そのものを想う。わずか二〇〇頁ほどの本に、〈愛〉の絶望と幸福とが詰めこまれている。〈愛の表現〉が書かれているのではなく、〈愛〉そのものが表現されていると思う。遺作である「ＬＯＶＥＲＳ」にかぎらず、舞台上の古橋がＨＩＶ＋であることを、虚構ではなく事実としてしめすところからはじまる「Ｓ／Ｎ」も、ポリティカルな意味に囚われがちになるが、おかしくて切実な〈愛〉の作品そのものであると思う。古橋が書いた手紙に、ＮＹのクラブは「感覚という永遠を共有する」ことのできる「最も〝愛〟に近い創造物」だと称した忘れられない一節がある。その場に集う瞬間と同じように、この本を読むこと自体、まぎれもない〈愛〉の行為そのものだと思う。

『大江健三郎　作家自身を語る』

枕許に必ず置いておく本がある。眠る前に、『大江健三郎　作家自身を語る』（新潮社）を大切に読んでいる。もう何度も読んでいるはずなのに、開く度に、じぶんが同調のそぶりで読んでいただけにすぎないのではないかと痛感する。ひとつわかるとわかり得ないなにかもふえる。わからないことが、「読む」ことを促し、読み直すことが続いている。

大江健三郎自身によって、「読む」ことと「書く」ことの往復運動が、生の経験に即した形で、丁寧に語られる。聞き手の問いも呼応も鮮やかで、ユーモアをまじえたエピソード（トレードマークの丸いめがねを購入する話）もあり、生活者としての魅力も知ることができる。寄り添いながら読んでゆくと、詩の原文と翻訳文とを引用するまでの精読の感覚をことばで読むことができる。

「自分の心の中では音楽のようにエリオットと西脇の言葉が鳴っている。それを聴いている自分、そしてそれから自分の中に湧き起こってくる新しい音楽を書こうとする自分……」

二つの声が作家の身体を通り、小説のことばとして書きつけられた本当の引用は、一語ずつにいくつもの音がひそみ、だからこそ小説の基調音として響く。書きつけられたその音を一音でもききとれるような読み手になりたいと、切実に思いながら、大きな作家のことばに今夜もそっと向き合う。

『アレクサンドリア四重奏』

追っていたはずの筋を忘れてしまう。ロレンス・ダレル『アレクサンドリア四重奏』（全四巻、高松雄一訳、河出書房新社）を読む度、最終行の感触まで憶えているのに、物語の内容を問われると、たちどころに唇が動かなくなる。物語のなかでそれぞれの真実が拡散し、緻密に絡み合う男女の激しい嫉妬の感情に呆然としていたはずだった。そこで生きる人物のなにもかもが禍々しく思え、じわじわと首を絞められるような圧迫感とわずかな高揚とを読んでいて感じた。その感覚だけが身体に残り筋は失われている。ただ夕陽が落ちてばら色にとろけてゆく海景だけを記憶している。読み手が捏造した一瞬の光景であるのかもしれない。それでも怖ろしい物語を読んだという粟立つ皮膚感覚とともに本当にみた景色のように、鮮やかに憶えている。

読んだはしから物語を忘れる読書は、人によっては無駄な読み方に思えるかもしれない。でも、無駄な読みこそ最も愉しい読書体験ではないかと思う。小説に、読みとるべきことなど本来はない。ただ読みたいように読む。本を閉じた瞬間に書かれてあったことなどすっかり忘れてしまってもよいのかもしれない。

自由であるからこそ、読書はかえがたい歓びとなる。

「食べるように読んだ本」

　十年経ついまも、いずれもいちばんとりだしやすいところにならんでいる本ばかりだ。本棚に囲まれて育ったから、本のない部屋に憧れがある。吉田健一は「書棚には五百冊の本で充分」と言ったとむかし読んだことがあるけれど、何度もくり返し読むにたる本を選べるところまで読書を重ね、暗誦もたくさんできる人だけが到達する境地だと思う。

認識という官能——スーザン・ソンタグ『私は生まれなおしている』

困ったことに、「真実」と呼ばれる出来事は、単一ではなく、複数形であらわれる。世界は優しくはなく、ひとつの認識にまとまらず、つねに引き裂かれている。

ひとりの書き手が私的に綴ったノートの頁をめくる。たしかに時間は進んでゆく。時系列に沿ってはいるのだが、流れからはぐれた瞬間ばかり断続的に記されているように思える。過去から未来へと貫かれている歴史として存在する時間の条、時間の束縛など存在しない「いま」という瞬間の強度、ときに矛盾をおこすふたつの感覚を、ソンタグはひとしなみに持ちつづけていた。

書かれている「私」はたえずゆらぎ、感情も感覚も混濁している。ただ、その混濁は、限りなく明度の高い、透徹した言葉によって表現されている。それは、ソンタグが現実に対し、「アテンション（心の傾注）」を向けつづけていたことのひとつのあらわれかもしれない。批評家としての態度ではなく、精神と肉体に基づいた根源的な意志だったのだと思う。彼女が凝視したのは現実だけではなかった。裡なる欲望、極私的な領域においても一貫していた。官能と知は欠如において在り、永遠に充ちないからこそ、そして失望するとわかっても一縷の期待をしのびこませて、いつまでも求める。愛と快楽とがぴたりと接し合う幸福はほんの瞬間のことで、人間の精神と肉体とは同期することなくずれつづけ、いつまでもかみあわない。ソンタグは欠如をも直視し、切実に書く手をすすめる。欲望しながら、その欲望そのものを認識している。認識が官能であるということを私はソンタグによって知った。人は生きている以上、現実の矛盾からも感情と感覚のそれからも永遠に逃れられない。ソンタグが遺したすべての文章は、この世で生きることの居心地の悪さを、最も正義から遠い「真実」も存在することを書き顕そうとしていた。いま何が起こっているのかを、生きているすべての瞬間を、ひとつではない「真実」のすべてを、明晰に、注意深く、意志をもって。

（木幡和枝訳、河出書房新社、二〇一〇年）

「認識という官能」

単純化しないこと。複雑さをそのまま考察して描写すること。それをソンタグから学んでいる。

ソンタグが二〇〇〇年にエルサレム賞を受賞したときのスピーチで「文学は、単純化された声に対抗するニュアンスと矛盾の住処である」（「言葉たちの良心——エルサレム受賞スピーチ」『同じ時の中で』木幡和枝訳、NTT出版）と言っていたけれど、私はそういう言葉を一行でも書けているのだろうか。

昼でも夜でもない時間——サーシャ・ソコロフ『犬と狼のはざまで』

犬と狼の間。フランス語で、黄昏時を意味する（entre chien et loup）。黄昏時は、人と人でないもの、犬と狼、いずれの輪郭も、あいまいにさせてしまう。

季節は、冬。夕暮れの、「一日のうちでもっとも素晴らしい」はずの時間帯に、ある事件が起こる。イチーリと呼ばれる川（ヴォルガ川）を挟んだ両岸に、研ぎ師のイリヤーと、猟兵ヤーコフが住んでいた。黄昏時に川を渡っていたイリヤーは、狼とまちがえてヤーコフの猟犬を殺してしまう。

しかし、事件の概要すら、読んでいる最中には、よくわからない。ひたすら言葉の川に押し流されていく。流れに流れてゆく川の速さ、その水量におぼれる。川の流れは一筋ではなく、川筋によっては、逆巻いたり、渦になったり、流れるはずの川が流れず、岸辺そのものが流れてしまうような、てんでおかしな感覚になる。

　本書は、散文、書簡、詩篇の三部構成となっているのだが、イリヤーが書いている書簡からして、いったい誰に向けて書かれているのか、「ポジルィーフさん」と呼びかけられているのに、そのひとに宛てられている気がいっこうにしない。おそらく、イリヤー自身にもわからず、彼は、書簡を読むように書いている。イリヤーの言葉ひとつひとつが千々に裂け、新しい物語の脈が増殖しつづける。言葉を尽くすほど、すべての言葉が吃音になってきこえたりもする。読み終えたあと、いったいなにが起こっていたのかがわからず、よぎりつづけた気配だけが残る。

　フェルト帽にへばりつく雪。おびただしい酒。スケート靴のつるつるすべる音。粉屋の口から発される言葉が、挽き音たてた粉となってあたりに舞う。若干黴の生えたパンの切れ端。忍冬(すいかずら)の匂い。星を見上げるイリヤーのすがた。書かれていない気配もきっとまじっている。黄昏時に起こったことなのだから、それでかまわない。

（東海晃久訳、河出書房新社、二〇一二年）

「昼でも夜でもない時間」

父の家にはいつも犬がいた。父が高校生くらいのころは、警察犬試験におちたシェパードのアレックスがいた。気性の荒い犬だったらしく、誰かの往診できた医者と看護師が祖父母に注射をしているのをみて、マスターが攻撃されているのだとかんちがいして、すさまじいいきおいで看護師を噛み、壁に腕の血がとんだ、という話をきいた。看護師さんはぶじで、アレックスも寿命まで家ですごした。

絶滅一覧——大野晋編『古典基礎語辞典』

絶滅したはずの言語に会うため、毎晩、辞書をとりだす。『千夜一夜物語』を読むように、寝る前に、少しずつ読みすすめている。

古語は、匿名の人々の唇の痕跡だと思う。現在は機能しなくなり、生命の絶えた言葉のようにみえても、読むたびごとに言葉は息を吹き返す。「未来」の言葉は、古語の向こう側からやってくるのではないかとさえ思う。

日本語の「基礎」となる三千二百語を編者の大野晋が取捨し、採録を決定した。辞典でありながら、通常のそれとは異なり、ひとつの項目に、たくさんの分量が割かれてある。語源、語誌、他の言葉との関連、解説でしめされる用例が充実している。編者が研究をつづけたタミル語との関連も記載されている。用例として引かれ解説されるたくさんの原典を読むことで、生きた言葉であった当時の様子がわかる。物語を読むように、ひとつの言葉の働きがわかる。辞典を読んでいて面白いことのひとつは、その言葉の変遷を知ることにある。

例えば「もののけ(物怪)」という一語は、「モノ(怨霊)ノ(格助詞)ケ(兆候)」から成り、怨霊によってとり憑かれた目に見える症状のことを本来は指していた。古来は「モノ」だけで「怨霊」を意味する使用法があり、上代では中国語の「鬼」の意味(死者の霊魂)が日本語の「モノ」(死者の怨霊)の意味に近かったことから「鬼」の漢字をモノにあてていた。「鬼」を「オニ」と訓み、現在に至る使用法になるのは後代のことになるらしい。「鬼」の他に、類似した概念である「霊」「イキスダマ」という言葉と対比させることで、より「もののけ」という言葉の特性がわかってゆく。読んでゆくだけで、言葉の根っこへと導かれていく。そして、古代の人がなにをもって「怪異」と考えていたのか、そうした感情にも近づくことができる。

言葉は読む人がいるかぎり何度も蘇生する。

(角川学芸出版、二〇一一年)

「絶滅一覧」

先日、発酵デザイナーの小倉ヒラクさんがキュレーションをした展示を観に行った(「Fermentation Tourism Nippon～発酵から再発見する日本の旅～」)。その帰りに、言語も発酵しないかしら、と思いながら、ぬか床ロボットをつくっているドミニク・チェンさんにテキストを送った。ドミニクさんはちょうど「思考も発酵している」という論考を書いたばかりだとわかって、興奮した。

いまつかっていることばでは、言い表せないことを、なにかべつのことばで、さししめせないか、とずっと思っている。そのヒントが古語にあるのではないか。古語は、いまは使われていない絶滅した言語だけれど、クマムシのように長い仮死状態にあるだけで、いまのことばのなかに置いたら、息を吹き返すことがあるのではないか、と思ったりする。発語することで、古語に新鮮な水が巡って、蘇生するイメージでいた。でも、それだと、昔と同じ意味をもったまま息を吹き返すことになる。どちらかというと私が考えているのは、そのままでは食べられない古語（古漬け）が、新しい有機物とであって、発酵して、意味が拡張して、新しい食べものにうまれかわる、ということなのかもしれない。ドミニクさんからは、古語の発酵を促す微生物はなんでしょう？という問いかけがあった。ドミニクさんは、脳内の微生物は無意識に住んでいる、と考えているらしい。発酵に重要なのは、雑菌。清潔すぎてもおいしくならない。スラング、文学のなかのイメージ、肉声？母語じゃない人のおもいもよらない使い方？なんでしょうか。考えているだけで楽しい。

文字のなかに入る——山下澄人『しんせかい』

昨冬、銀座で平松麻さんという画家に会った。銀座には森岡書店というわずか五坪のスペースで一冊だけの本を売る奇特なお店があって、たまたまその本屋をのぞいたときに、壁面にいくつかの絵がかかっていた。ながめていると「どうぞ触ってください」と黒髪の女性が背後から言う。そのひとが平松さんだった。壁面の絵はすべて販売物だった。絵というのは気軽に触れてはいけないものだと思っているので、面食らう。平松さんの絵は、すべて触れることができる。平松さんは「ここが気持ちいいと思います」と言って指で絵のあちらこちらをなぞりながら手のひらサイズの絵をさしだす。触ってみると、ざらざらしたり滑らかだったりぬくみがあったりして目と手がこんがらがる。わかっていたと思っていたのは平面のことにすぎなかったと思う。カンバスではなく、でこぼこの床材に絵を描いているらしい。絵の具をへらで盛るように塗って、空間をつくってゆく。絵の具のうえからいろいろな粗さのやすりをかけて、また絵の具を盛る。その繰りかえしで、一枚の絵ができる。描かれている、雲、女性の身体、本、そのすべてが触れていると動いてゆきそうだった。そして食卓や台所といった湯気のある空間に似合う絵だった。ちいさいころから絵のなかに入っていつも遊んでいた、と平松さんは言った。絵のなかに出入りして遊んでいた時間に私もおじゃますることができた。触れることで絵と親密になれる時間だった。

小説を読むよろこびも、文字のなかに入ることだと思う。山下澄人さんの『しんせかい』を読んでいたときに、平松さんの話を思い出した。『しんせかい』の文字をなぞっている時間がとても好きで、もう何度も読んでいる。一度目は電車で移動をしながら。二度目はお風呂で読んで紙をごわごわにさせながら。三度目はベッドの中で。四度目からは数行の拾い読みを思いついたときにしている。幾度となく、【谷】に戻りたくなる。山下さんの書く作品は、読んでいるあいだ、書かれたことばそのものになる。登場人物に感情移入する、ということではない。むしろ人物には感情移入はしない。よくわからない人しかでてこない。

語り手の「ぼく」は、役者を目指して【谷】にある脚本家と俳優のための養成塾に入る。レッスンで、ある役が思い出す演技をするとき「役、というのは自分じゃない。知らない誰かだ。それが思い出すことなんてどうやってわかるのかわからなかった」と思う。役のことがわからないことと同じで、登場人物のことなんてよくわからない。よくわからないけれど【谷】の生活のいちいちがおかしい。そもそも谷の字を【】でくくっていることがふしぎだった。【谷】で起こったことなのだと曖昧な記憶を括弧でくくりつけるように書いているからかもしれない。読んでいると、ぼくが二年間【谷】で暮らした記憶になってゆく。【谷】のおそろしいほどの寒さや、空腹感、飼っている馬のいきれ、じゃがいもをほる土のにおい、ヤッケを着た女の人たちがしゃがんだまますごい速度で移動するすがた、鹿、白い空からねずみ色がかって落ちてくる雪。マンホールの下にあったもののにおい。冬を告げるゆきむしを窓越しにみたこと。それだけが読んでいた実感になる。しばらくするとまた【谷】が恋しくなる。季節そのものになりたくなる。美しい景色じゃないのに、帰りたくなる。

（新潮社、二〇一六年）

「文字のなかに入る」

山下澄人さんとは、飴屋法水さんを介して知り合った。ときどきLINEを送りあう。山下さんが原稿を書きにでかけている札幌の写真だったり、たがいの家のでぶ猫の写真だったり。言葉はあまりこない。私は言葉も送る。TIMELESSという小説を書いていたとき、その、ときどき写真を送り合う、とんとんとノックするようなやりとりに励まされた。喘息もちの山下さん、扁桃腫れやすい私。お茶でもしよう、と言いながら、二年くらいしていない。山下さん、おーい、げんきですか。

おかしくなる季節――『続・北村太郎詩集』

春のはじまりがむかしから怖い。とくに桜が怖い。美しいとは思うけれど、近づいてみることができない。ソメイヨシノが葉桜になってくるとほっとする。葉桜をみながら川面が花筏になっていたりするとほっとする。怖いと思っているのに、ついつい花見などにでかけてしまう。ソメイヨシノが咲く桜並木を通る。くちをうすくあけていろんな人にぶつかりながら花にみとれているサラリーマンをみかけた。背広にべったり生クリームがついてしまっているのにも気づかずふらふら歩いていた。私は花に酔わないよう花をみすぎたと思ったらすぐうつむく。花見の意味がない、といっしょに歩く人に笑われる。

距離がないと桜は怖い。冬のあいだの弱い光に目が慣れていたから、春の日射しに白い花弁が光っているのをみると、蘂（しべ）が鋭く伸びて尖ってみえて、目がつぶれそうになる。桜の下で桜きれーいと言いながら飲んだり騒いでいるひとをみると、うらやましさと同時にすこし憂鬱になる。春が怖い。春が憂鬱だと思うのは、ちいさいころから父親に「詩人にとって春は憂鬱な季節だ」などと言われてきた刷り込みだと思う。エリオットもマラルメも春は苦手らしい。チョーサーは恵みの季節だと謳っていたけれど。

子供のころから春のはじめがいちばん苦手な季節だった。恵みの季節だと感じたことはなかった。クラス替えや進級が憂鬱で仕方がなかった。子供のころのほうが義理の付き合いが多かったと思う。私は、春がくるたび、ちいさな円形はげをつくっていた。はげも気を遣っていて、頭頂部のような目立つ場所にはあらわれず、髪の毛にきれいに隠れるよう後頭部にあらわれた。一円玉くらいのはげだった。春風が吹いたときなど、教室の後ろの席に座っていた男子生徒から「朝吹はげてねえ？」といわれた。私はいつもとぼけきってごまかした。はげはゴールデンウィーク明けになると、若葉が育つのと同じように、うっすらやわらかい毛がはえはじめる。すこしの辛抱だとわかっていても、学校から家に帰ると、合わせ鏡をしてはげをみていた。みてものびないけどみていた。洗面所で鏡をみている私をみた父が、「春はとにかく残酷な季節だ」などとなぐさめにならないことばをくちにする。

八重桜やしだれ桜が散りきって、若葉のとうめいなみどりいろをみていると安心する。若葉をながめながら呼吸をすると胸のすみずみまでみどりになってゆくようで心地良い。

コーヒーいい匂い
ヤバいおもい
さんさんと　日は昇りつつある
いかなる情念にとりこまれようともゆるせ
かなたにひかる海よ

（「五月の朝」）

五月になると、北村太郎の詩を読みたくなる。静かな家にひとり過ごすひとのすがたが浮かぶ。生活のことばが詩のことばになっている。人間の孤独と安らぎを感じる。
北村太郎の詩篇のなかのコーヒーの匂いにさそわれて、おもてにでる。近くの美術館には小さな藤棚があって、その花の下にしばらく座るのが五月のならわしになっている。むらさきの花房に顔を近づけるとふくよかな甘い香りがただよう。藤には美しい女の精霊がいるといつも思う。〽藤の花房　いろよく長く　可愛がろとて酒買うてのませたら　うちの男松に　からんでしめて　てもさても。「藤娘」の手踊りをうたいながら喫茶店にむかって、コーヒーを注文する。春だ。

（思潮社現代詩文庫、一九九四年）

「おかしくなる季節」

何度も、いろんなところで、桜花怖ろし、と書いているけれど、じつはけっこう花見はしている。

北村太郎の詩と人柄をあじわえるのは、橋口幸子著『珈琲とエクレアと詩人』（港の人）。本にも引用されている北村太郎の詩「天気図」がとくに好きで、さびしい日によく読む。ネギの白さへの感歎。水に打たれたままの包丁の冷えた光。すばらしい一篇。

チグリスとユーフラテス――『西脇順三郎詩集』

夫の仕事でザルツブルクについていったとき、湖に面して建っていたレオポルツクロン城という古城に滞在することになった。古城は現在、セミナーハウスになっていて、世界各国の若者が文化交流をするための国際会議がひらかれていた。参加資格は英語が話せることであったが、私は英語が話せないうえに、そもそも参加者ではないので、会議には顔を出さなかった。私は持ってきていた仕事があったので、セミナーハウスの空室で原稿を書いたり、黒白の猫が庭をよく歩いていたので、撫でたりしていた。

食事は、ロココ調の大広間で、ビュッフェ形式で食べる。会議に出席しているひとしかいなかったので、みな食事中も、いろんなひとと話しながらまわっていた。私はただ本を読んだり景色をながめたりしていて、自ら幽霊になっていった。いるけれどいない、ということは居心地が良くもある。連日つづいた国際会議も終わりになり、最後の夜、晩餐会があると言われた。私も夫もパーティを前提にしたパッキングをしておらず、私にいたっては、ダウンジャケットしか持って行っていなかったので、とりあえず軽くお化粧だけすませて部屋を出ると、真っ赤なチュールドレスを着たひとや、スパンコールのついたジャケットを羽織っているマニッシュな雰囲気の黒人女性がいて、ほんとうに格好良かった。ふだんはみなデニムにセーターというラフな格好だったのに、いったいどこに正装を隠し持っていたのかと思う。

パーティが始まる前、シャンパンを飲んでいるときに、デトロイトで小さな本屋を経営しているマイヤという女性に話しかけられた。あなた、日本の小説家でしょう。マイヤは朗読イベントを毎月お店でひらいていたけれど、それをweb上にうつしたいと考えている、ということだった。私は英語がわからないけれど、YouTubeでジョイスの朗読をきいたり、いろいろな言語できく詩が大好きだと話した。マイヤに好きな日本の詩人をたずねられ、私は、西脇順三郎の話をした。西脇の詩をかかえもって生きていること、彼の詩の、最後にことばの意味がほどけてとけて水のように流れてゆく詩篇(「失われた時」)の話をした。ことばの意味がわからなくても詩の朗読をきくのは音楽だから心地いい、と話していると、食事会の時刻になってしまった。着席式だったので、マイヤとは席が離れて、話が途中になった。パーティは夜通し続くようだった。私は、デザートを食べ終えるとすぐに退室して、庭園を散策してから眠ろうと思った。湖のそばで月をみあげていると、マイヤがすぐそばにいた。ふたりきりで、目が合うけれど、たがいにことばを発さなかった。エミリー・ディキンスンの詩や西脇のことを話したいと思い、英語が話せないことをはじめて心苦しく思った。

翌日、人のまばらな朝食会場でマイヤと会った。マイヤはデトロイトに戻ったら西脇を読むと言った。マイヤに会ってはじめて英語を話したいと思った、と話したらマイヤが微笑んだ。マイヤの母語はアルメニヤ語だという。あなたが英語を話せない気持ちがわかる、と言う。マイヤの生まれたところは、バグダッドのそばだった。いまはアメリカにいるけれど、私は生まれた場所をタトゥーにしていると言って、彼女の皮膚に刻まれたチグリスとユーフラテスをみせてくれた。

(那珂太郎編、岩波文庫、一九九一年)

「チグリスとユーフラテス」

ザルツブルク空港に着いたのは深夜で、いつまでも迎えのタクシーが来ず、疲弊しきって玄関そばのカウチに横たわっていた。ようやくタクシーに乗れ、さあ、これから憧れのアウトバーンを走るのだと気をとりなおして、用意していたクラフトワークの『アウトバーン』を爆音で聴きはじめた。が、信じられない渋滞にまきこまれ、いつまでも車は動かず、膀胱もはちきれそうだった。ホテルまで通常五十分のところ、三時間かかった。速度無制限といっても、いつも時速三二〇キロが可能なわけじゃないのだと、そこでようやく気づいた。

Ⅲ

失神するほど好きな人

ビートルズのライブ中にファンが失神する映像をみたときに、人が気を失うときは操り糸が切れたように、突然、なんの前触れもなく倒れるのだと知った。集団でひとりずつ倒れてゆくさまは圧巻だった。みんな、どこか気持ちよさそうな顔をして倒れる。当時私は小学生だったので、憧れの人をみて失神するなんてもったいないと思っていた。私の人生においては、好きすぎて失神するような事態は起きないと思っていたが、大江健三郎に会った後、私は失神した。

大江健三郎の読者というよりもファンということばがいちばん近いように思う。ファンになったのは高校生のころだった。高校時代、押尾学がとんでもない人気を博していて、隣の席だったAちゃんは合コンをしても相手を押尾学と比較してしまって恋愛ができないと悩み、卓上カレンダーに〈遠くの押尾より、近くの上尾〉と、理想を捨てて地元の上尾市内の男子に目を向けるべきだという標語を大きく書いていた。私は恋愛に関心がなかったので、〈遠くの大江に、遠くの武満〉という感じで韻もふんでいないし、焦がれるままに文章を読んでいた。初期の短編からエッセイまで幅広く読んだ。いまでも繰りかえし読んでいるうちの一作が『新しい人よ眼ざめよ』だった。文庫本が家の本棚には三、四冊ある。旅行先でふいに読みたくなって買ったり、友達に渡そうと思って買ったままになったりして、本棚にある。ウィリアム・ブレイクの詩と、イーヨーのほがらかな声がききたくなると読む。イーヨーと僕との会話はさえずりのようで、武満徹が「言葉は、想像の貯水池であり、言葉は、発音されることで、たえず新鮮な水をわれわれに供給する」と『音、沈黙と測りあえるほどに』で書いていた一節を思い出す。発話というよりも発音で、未来に向かってノックしているような音に思えていた。大江全集の月報の写真を机に飾っていたこともある。丸めがねと大きな耳。水辺から顔をのぞかせるカバのような、ゆったりした雰囲気やすがたが格好良かった。息子の光さんといっしょに自転車に乗る写真も好きだった。小説のなかで、排骨湯麵とペプシがでてくるのが気になって、近所の中華屋で排骨湯麵を注文したけれど、とても一杯を食べきることができなかった。胃もたれをして、大江家は胃が丈夫なのだなと思った。

そんな憧れの人だった大江健三郎さんにお会いしたのは、二〇一一年だった。大江健三郎シンポジウムに出席しないか、という依頼をいただいた。日中韓三ヵ国で大江文学についての発表をして、最後に大江さんが講演をするという盛大な会だった。私は大江文学について、なにかまとまって考えたり、文章を書いたことがなかったので、講演まで非常に不安なまま、『新しい人よ眼ざめよ』と『水死』をテーマにして書いていた。大江さんにお会いする興奮で、講演前夜も眠れず、出かける寸前までワンピース選びに迷い、なぜか墓場柄のワンピースを選んでしまい、行きのタクシーで好きな人に会うことが怖くなり、吐き気がしていた。

シンポジウムはお昼からはじまり、私は最後の方だった。控え室では、登壇者の声が流れていたけれど、なにも耳にとまらない。緊張して、手のひらがずっと湿っていた。私はOEの二文字を、Y.M.C.A.の振り付けのように、大きな手振りでご本人の前でポーズをしたかったけれど、緊張してなにもできなかった。曖昧な笑みを浮かべてお辞儀しただけだった。講演後、近くの打ち上げ会場にむかっている最中、大江さんと少しことばを交わしながら歩いた。会話をしていたときに新宿の街並みを歩いた記憶があるけれど、なにを話したのか覚えていない。会場につくと乾杯のシャンパンを渡された。朝からなにも食べものをくちにしていないなかそれを飲んだ。乾杯の後も、大江さんと会話をしたけれどそこでもなにを話したのか覚えていない。致命的だと思う。東京大学大学院生に日本文学の質問かなにかで話しかけられたとき、そのひとの声に耳を傾けながらも頭がぐらぐらして、彼方から聞こえてくるように思えた。このひとはどうして声がちいさいのかと訝しがりながら、聞いていた。赤ワインをすすめられて、それをくちに含んでいると、後ろにいたひとが「大江さんがおかえりになる」と言った。すみません、ちょっと、と大学院生に言って、大江さんのお見送りをした。その後の記憶が定かではない。たしかレストランの外で倒れた。意識が朦朧としていたのはなんとなくわかっていて、お手洗いに行こうと思った。まっすぐ歩けなくなって、どうしてだろう、と思ったら視界が真っ暗になった。気がついたら床に倒れていた。床がつめたくて気持ちよかった。「朝吹さん！」と近くにいた新潮社の須貝さんと、読売新聞社の尾崎さんが声をかけてくださった。数秒だけ記憶が抜け落ち、なにが起こったのかよくわからなかった。好きな人に会えた興奮で、ほんとうに失神するとは思わなかった。もったいない根性で大江さんといっしょにいるときは意識を踏ん張れていたようだった。その後二日間、ほとんどベッドから起き上がれず眠っていた。大江さんにまたお会いしたいけれど、ふたたび気を失うのは怖い。

「失神するほど好きな人」

対談のあとの雑談のときに、大江健三郎さんからずっと書けずに困っていた長篇小説のアドバイスをもらったことがある。メモ書きなので口吻が異なるかもしれないのだけれど「とにかくつじつまをあわせなくても書き進める。推敲も大事だが、消した部分ももったいないから捨てずにとっておくこと」と大江さんは仰った。崇拝している作家からの教えなので、ものすごく頷きながら、メモをとった。が、私は半分以上の原稿をノートブックで書いては消すという delete key を押すプロになっていて、消さずにとっておく、というのは無理なのではないか、とも思った。結局、消さずにファイルを保存したりしてみたけれど、それをひらいたことはない。

パソコン画面上の推敲の時間といえば、大

好きな作品がある。二〇〇八年「文学の触覚」展（東京都写真美術館）で展示されていた、ドミニク・チェンと舞城王太郎の作品を思いだしていた。タイピングした軌跡すべてが記録されて、時間軸で再生される作品。

背表紙が卒塔婆にみえていた頃

装幀をみると、たしかに「古井由吉」という人名が書かれてあるのだけれど、いったいどんな人物なのかが、著者紹介をみても年譜をみても近影をみても、実体がよくわからない。『山躁賦』や『仮往生伝試文』を読むたび、ほんとうに生きた人間の手によって書かれた作品なのかをあやしく思う。

山手線の駅構内で読もうと、病院の待合室で読もうと、熊野の温泉旅館の休憩椅子、目黒川沿いのカフェ、瀬戸内海のフェリー乗場、大学図書館の脇、浴室、トイレ、布団のなか、そこに流れている「現在」とはまったくべつの時間が小説からのぼってくる。じつにまともな言葉で書かれてあるようでいて、読むそばから不安定で無秩序な世界へと連れて行かれてしまう。しかしそれもまたまぎれもない「現在」として、読む人の身体のなかを流れてゆく。

古井由吉の小説は、かつて書かれた作品であるという実感がない。いつまでも読んだときの感覚が過去のものとならず、小説のなかの「現在」はいつまでも「現在」のままある。作品個体としての時間の経過がない。おそらく、明日も百年後であっても、いつだって書かれてあるのは「現在」でしかない。

小説のなかで「私」と称している人のことも、読んでいるうちにわからなくなってしまう。人は簡単に人でなくなってしまうらしい。小説のなかにいる「私」なんて、どこにもいないのではないだろうかと思う。「私」が一貫した意志を持ったひとりの人間である制約などほんとうはないのだから、「私」は誰でもなくていいのかもしれない。

あらすじ、起承転結、そうした辻褄をあわせて読もうとすれば、即座にはねかえされる。言葉に拒否される。時制はすぐにほどけてしまう。晴れたり曇ったりするだけの、女の襟首のにおいがふとよぎるだけの、思い出す「現在」があるだけの、未来にむかう「現在」があるだけの、ひたすら苛烈な体感がある。反復によってどんどん白くなる。同時に、目の前がみえなくなって真っ黒になってしまう。時制なんてものは簡単に失われる。もとから時制なんてもので人間のようなだらしない生きものの思考を仮止めしてみても、結局、なにかを捉えることなどできないのだろうと思い知る。

＊

私は一度だけ「古井由吉」を見たことがある。二〇〇六年の夏の夜だった。当時大学四年生だった私は、新宿三丁目のバーで古井由吉がホストをつとめる朗読会があることを知った。ゲストは吉増剛造。大学院試験を控えていたにもかかわらず、私は吉増剛造の詩に惹かれっぱなしで寝ても覚めても彼の綴る言葉ばかり読んでいた。「吉増剛造」もまた、作品を読むたびに、固有の肉体を持った人物のようには思えず、荒木経惟による著者近影もじつに幽霊的だった。

この世に生きているのかどうかあやしいふたりのすがたをみたい、というちょっとした好奇心で、朗読会場までおそるおそる出かけたのだった。毎晩夜十時ごろには就寝していたので、新宿アルタ前の人の多さやチカチカ光る表示灯にまごつき、方向音痴なこともあって店に着くまでさんざん迷った。会場に到着したとき、朗読会はすでにはじまっていた。店外まで人はあふれて、熱気と、声を逃したくないという聴衆の妙な静けさとがまぜこぜにただよっていた。もののにおいがたくさんした。蒸した夜だった。そっとなかをのぞくと、バーのカウンターで、ぎょろっとした眼光鋭い男性がゆっくり文章を読み上げていた。それが古井由吉だった。朗読会が終わるとたんに酒場らしいくだけた雰囲気になって、贈りもののシャンパンもあけられ、店先にテーブルとイスをだして飲み食いする。煙っぽい埃っぽい賑やかさだった。お酒を飲む人々をぬけて店をでた。奇妙な沼地に足を踏み入れてしまった気がしていた。生がほんとうに漲っているときは、それと同量の死もまた迫っているという気がした。生きた人の声をきいたのか、家に帰る途中からわからなくなってしまった。

「古井由吉」とは誰なのだろうかと背表紙をみるたびに思う。対称的な字面の一点一画すらほどけてゆきそうで、個人名のようには思えなくなってゆく。「古井由吉」は匿名の人々の声の集積でできているようにも思える。四文字が、おおきな卒塔婆だとか、墓碑銘のようにみえる。

＊

古井由吉の小説は、書かれていないことばかり記憶に残る。「杳子」「妻隠」から現在の作品に至るまでそれはかわらない。書かれた言葉によって書かれていないところを読み手に届けているように思える。

著者自身も、松浦寿輝との対談で、「言語に関しては表現そのものが表現ではないんじゃないか、表現したときにこぼれ落ちるものがしょせん表現じゃないか」（「『私』と『言語』の間で」『色と空のあわいで』講談社）と語っている。

小説の略図や説明を意識すると、もののかたち、人々の行為、風景、物音、気配、すべての流れが寸断されてしまう。何かはっきりとした出来事があるのかと問われるとよくわからなくなる。読んでいる最中にだけ小説は流れていて、目を離したとたんにどこかに行ってしまう。繰りかえし読むのだが、遅延しているかと思うとするすると時間が経っていったりする。ひとたびも安心できない。気がついたら事が運ばれてゆく、その「流れ」しか古井由吉の小説にないのかもしれない。それは苛烈で怖ろしいことだと思う。

＊

古井由吉は吉増剛造との対談で、小説に流れる時間や出来事の有り無しについて語っている面白いくだりがある。

古井　例えば昼下りから夕方までの時間を書く時、これは小説の場合、その間に出来事がなけりゃいけない。外からのものでも内部のものでも出来事があってこそ、それに沿って書いて行ける。でも出来事のない、無事の時間ね、その無事の時間を摑んでみたい気持ちがあるんです。無事の時間を摑むと、異った時間がうらはらに現れ出るんですね。（中略）ぼくらが時間を生きたと感覚するのは何か事があるときなんですね。事がないと死んでるのね、時間が。それではしかしちょっと合わないなと思ってね、事がない時の方が多いんだもん。事がない時間というのをないがしろにしすぎてると思うのね。昔は事がなくても共通に時間をこしらえてくれたわけ。正午（ひる）になるとサイレンがなるとか、暮になると豆腐屋がくるとか、日没には鐘が鳴るとか。共通の時間がなくなって時間がそれぞれ個人に委ねられると、事のあるときだけ時間を感じて、事のない時間がおろそかになる。

吉増　それはひじょうにいい話だな。それを聞きながら一つ思い出していたんだけど、古井さん、ちょうど欧州から戻ってカフカ論を書かれたでしょう。それをいま思い浮かべたけど、カフカの有名な『変身』という作品があるでしょ。あれはまあいろいろ言われるけどぼくが一番好きなのは終り方が好きなんですね。終りは、虫になった人が死んじゃってからなんですね、それでまあほっと安心してみんなで郊外電車に乗ってピクニックに行きますよね。あそこがいま古井さんがおっしゃったのと同じで、カフカはやっぱりすごいなあと思うのは、あそこは何でもない普通の時間を生かすでしょう。あれはやっぱり本当に、あいつと言ったら悪いけれども、いいところですよね。

古井　あれは面白いんですよね。事がある内は時間が流れないんですよ。不穏当な言い方だけども、事が片付くと、つまり虫が死ぬと時間が流れて、その証拠にハイキングの電車の中で親たちが娘を見て、ああそろそろ結婚が近いなあ、と初めて時間を感じるんです。

吉増　そうなんですね、だから確かにカフカがあの作品がうまくいって好きだった理由が分りますね。残していいといったのね。

古井　無事と有事を逆転させた人ですよね。事があるときは時間が流れない、事がなくなってから時間が流れる。まさにそうですね。

（吉増剛造「魔のさす場所　対話古井由吉」『打ち震えていく時間』思潮社）

静けさ、平穏さ、何事もないような出来事、そのかさなりで、小説のなかの日常生活の時間に、もうひとつの時間をひらく。それは言葉ではないところにある。物音がたえずしていて、不穏で、事もなく時間が流れる。凄絶だと思う。

人前でものを飲み食いできない杏子がショートケーキを頬ばるときの「静かな音」、桃の果肉が寿夫の弱った喉を通りぬけるときの濡れた感触。目で読むのではなく、言葉の背後にあるくにゃくにゃした生理が、読む人の身体のなかに入りこむ。杏子の表情はわかるのに顔立ちを想像することはふしぎとできない。彼女の体臭や軀の肉付きは想像することができる。性的な交わりが深くなるごとにふくらむ腰まわりや、「薄い膜みたいに顫えて、それで生きていることを感じてるの」と身をよじるときの肩や乳房、毛穴、口のにおい、書かれていないはずの光景ばかり読んでいるときに感触として迫ってくる。

「妻隠」を読んでいると目に音が流れこむ。アパート一室にきこえたりただよったりする気配の音がこの小説のすべてだというような気がしていた。外と内の境界に音がはいりこむ。その音によってかえって間仕切りの内側が盛り上がり、空間が浮き立って、外と内とをかえって強く隔てているようにも思える。女が男と生活する空間がたしかにそこにあるという気がした。野菜畑のはずれにあるポリバケツまで妻の礼子がサンダルをつっかけて歩くときの音、ヒロシがバケツを洗う水音、礼子の夏の記憶、金槌、男のだみ声。ただ流れる日常の様子であるからことさら不穏に思える。萌葱色のカーテンの揺れる音。ホウロウびきの浴槽、ピンク色のタイルが張られた洗い場、がらんとした部屋に点く蛍光灯の明るさ。白い軀。老婆の声。台所にただよう、味噌、醬油、酒のにおい。真夜中、戸棚の奥を拭き掃除する礼子のすがた。「無事」のなんということのないはずの気配が濃霧となって、読み終えてなお身体にまとわりついている。なにもないことの不穏さが、読む側にはみだしてきてしまう。

「夢は終ることがないように、言葉も終るすべを知らない——夢のなかでは」

病床の瀧口修造が武満徹に宛てた書簡の結びを、古井由吉の作品を読みながら思い出した。

古井由吉の作品は、終わりのなさだけを読み手に残してふいに終わる。小説の「現在」は宙吊りのまま、目の前から失われて、作品の外に放り出される。現実の「現在」がどっと流れはじめる。それで途方にくれる。

「背表紙が卒塔婆にみえていた頃」

古井由吉さんが主催されていた朗読会におじゃましたことがあった。新宿の文壇バーでひらかれたから、会が終わると、そのまま懇談会になる。私は、ウーロン茶を飲みながら、古井さんと平野啓一郎さんの近くに座っていて、おふたりが、森鷗外について意見交換しているのに居合わせた。すごいなあと思いながら、おふたりのことをみていると、平野さんが気を遣ってくださり、私も話をすることになった。そのとき、私は森鷗外について知っているほとんどの情報、娘の森茉莉が病気で死にかけたとき、鷗外が牛肉と青葱の吸い物椀をつくった話、それから、鷗外は、白米のうえに饅頭をのせて茶漬けにしていたというエピソードを話した。おふたりのコメントは覚えていない。私は早々に帰宅した。

首塚とルーズソックス

高校生のころ、スーパールーズソックスという、たるませて履く靴下のなかでも最長の、伸ばすと全長二メートルもの長さになるものが流行していた。私も友人たちもこぞって履いていたが、いま思えば、足首が隠れてしまうからよほどふくらはぎが細いひとでないと大根足にしかみえない野暮ったい靴下であって、なぜあんなにも流行っていたのかわからない。干しにくいと家族から評判が悪かった。靴下の素材はたるませられるよう地厚にできていたうえ、とにかく二メートルの長さがあるので、ピンチハンガーできれいにとめて干さないと生乾きになりやすく、梅雨時などは異臭を放つことがあった。体育の後や湿度の上がる季節になると石鹼の香りのする制汗剤を大量にルーズソックスに噴射して悪臭をしのいだ。

スーパールーズソックスを履いて、友達とお酒をこっそり飲みながら商店街で買ったお好み焼きを食べていたころ、はじめて後藤明生を手に取った。商店街にあったお好み焼き屋のそばにはレコードショップや古着屋と並んで、専門性をまったく見いだせない小さな古書店があった。捨て値で売られているような店先のワゴンに『首塚の上のアドバルーン』があった。タイトルに惹かれて買った。古書店は店の通路にも本が積まれてあるから、容易にレジまで行かれない。店番がいないこともあった。

私は後藤明生という作家を知らなかった。なんとなく父親の本棚で名前をみたことがある、ていどだった。SFか、怪奇ものかなにかだと思っていた。読みはじめてすぐは、物語が遅延しつづけることに驚いて、たしかにこれは捨て値で売られる本だと思った。

『首塚の上のアドバルーン』は、「私」が引っ越しをした十四階のマンションから、馬加康胤の首塚があるというこんもりと緑の茂る丘がみえる。謎めいた「首塚」の来歴を「私」は調べはじめる。そういう小説のようなのだけれど、なかなか「首塚」が登場しない。ようやく「首塚」がでてきても、生首の連想は時空を超えてしまって、実盛の首洗池の話になったり、新田義貞の首塚から『太平記』が語られて、読んでいる生首が数珠つなぎになって、謎の「首塚」の核心にはいっこう近づけない。読み終えてもいったい「私」がみている「首塚」の丘がなんだったのかがわからない。なにを読んでいるのかわからない状態のまま気づいたら最終ページになっていた。目の前にある事物への徹底した懐疑を感じる。あることにしているものがほんとうは何なのかがわからなくなる。冒頭の「ピラミッドトーク」なんて時計の話しかしていなかった。いっとき流行したらしい、ピラミッド型の音声式時計について書かれてあった。読んでいると、知っていたはずの時計というものが、いたるところできく人工的に加工された女性の声が、いったい何のために発声されているのかわからなくなってゆく。書き手の「私」が手をかざすとピラミッドが時刻を告げる。それがお告げのように「私」にはきこえる。しょっちゅう時計に手をかざし、すべての時刻がお告げになってゆく。「アミダクジ式」の物語には異様なおかしみがあって、さっそく学校に持っていった。通っていた高校は女子校で、教室の後方には、汗をかいて濡れたブラジャーやスーパールーズソックスがいつも干してあって、そのそばに各クラスメイトおすすめのＣＤや本が積み上がっていた。そこに、私は後藤明生を置いた。さっそく江戸川乱歩のファンだったクラスメイトが手にとって読み始めたけれど、数時間後に「ホラーじゃなかった」と言われて返された。「時計の話しかかいてなくてそれが逆に怖い」と彼女は言っていた。そうそこがおもしろいよ、と思ったのだが、目の前の事物が解体されてゆくおもしろみをうまく伝えることができなかった。その後『首塚の上のアドバルーン』は誰にも借りられず、いつも汗くさいスーパールーズソックスのそばに置かれてあった。二学期の終わりに私は家に持ち帰って、そのまま本棚の定位置にいまも置いてある。高校生のころは、小説を「書く」ことはじぶんとは無縁のことだと思っていた。はじめて読んでから、十五年経った。小説に憧れをもって「書く」ようになってから、「読む」ことだけが唯一の「書く」ことにつながることをそのまま「アミダクジ式」に小説にした後藤明生のすごさを、なおなお感じる。

「首塚とルーズソックス」

新宿五丁目の老舗文壇バーにおじゃましたとき、後藤明生が飲んでいたウィスキーボトルがあるけれど、よかったらそのボトルをもらって、とバーのママが中央カウンターの奥に並んでいるボトルキープ棚から三分の一くらい残っていた後藤明生ボトルをだしてくれた。恐縮し、そしてさほどお酒を飲むわけではない私は（いかにも飲みそうな顔だといわれるが）とりあえずありがたく一杯うすめの水割りをいただき、一度もお会いしたことのない後藤さんのサインのすみに、ちいさく自分の文字を書き、また棚にしまってもらった。それ以降、バーには行っていない。

昼休みのドラコニア

私には友達がいなかった。とくに中学生のころは、昼食をいっしょに食べるクラスメイトさえいなかった。通学時も当然のごとくひとりだったので、しゃべりながら練り歩く同級生をよそに、学校で禁止されていたMDウォークマンで音楽をきいて帰っていた。

友達はいなかったけれど、澁澤龍彦はいた。澁澤は学生鞄のなかにいた。鏡や制汗剤といっしょに無造作に入っていた。土方巽が「バラ色ダンス――澁澤さんの家の方へ」という作品を踊っていたけれど、私も時空をまたいで「澁澤さんの家」にいた。北鎌倉にある澁澤邸には足を踏み入れることはできないけれど、伸縮自在に伸び縮みする本のなかのドラコニア（澁澤さんの家）には毎日遊びに行っていた。そこは、ユートピアだった。

中学時代には二度と戻りたくはないけれど、あのときに澁澤を読みふける体験がなかったら、横尾忠則が「バラ色ダンス――澁澤さんの家の方へ」の宣伝ポスターでコラージュしていた、乳首をつまむ女性のフォンテーヌブロー派「ガブリエル・デストレとその妹」を画集から探してみることも、ハンス・ベルメール、プリニウス、マニエリスム絵画にも、であえなかったかもしれない。ミシェル・レリスが『成熟の年齢』のなかで書いた、ココア缶を持っている女性のココア缶のラベルにも同じ女性がココア缶を持ってほほえんでいるという無限につづく絵のめまいも、きっと知らないままだった。

昼休みになると、クラスメイトたちは仲のいいひとたちと机を寄せ合って弁当を食べる。私は、教室のなかにいても挨拶のほかは誰かと話すこともなく、購買部までひとり歩いてビスケットと紙パックの牛乳を買ってから、ひとにみつからない場所を探した。たいていは講堂のすみだった。母がこしらえた紅鮭の入った弁当を急いで食べ終えると、ビスケットと牛乳を交互にくちにしながら、ドラコニアをたずねる。予鈴が鳴るまで、澁澤がたずねたイタリアのボマルツォにある奇妙な庭園のことを、うっとり読んでいた。当時は、友達がいないじぶんのことがどこか恥ずかしかったけれど、いまはあのときに友達がいなくてよかったと思っている。

私は、澁澤の書いた作品のなかでも、とりわけ、日本的なところに触れているものが好きだった。澁澤が喉頭癌の手術のときにみた幻覚について記した「都心ノ病院ニテ幻覚ヲ見タルコト」のなかにあらわれる蘭陵王の舞楽面、蹴鞠上手な藤原成道の小説「空飛ぶ大納言」、遺作となってしまったけれど天竺に向かって旅をする「高丘親王航海記」、これらを読んでいなかったら、大学のときに日本文学を専攻しなかったかもしれない。

澁澤は、小さな迷宮をたくさん書いている。『少女コレクション序説』にも「宝石変身譚」を書いているけれど、石、ウニ、花、胡桃、ドングリ、自然の博物誌をひもときながら、てのひらにおさまるもののなかに宇宙があることを澁澤は教えてくれた。

澁澤龍彦が好きだと話すと、アングラが好きなんだね、と返ってくることがしばしばある。たしかに、アンダーグラウンドたるムードをつくった第一人者でもある。家の書棚にも『悪徳の栄え』の翻訳がわいせつだと訴えられたサド裁判のイメージ、家の書棚にもあった、野中ユリの装幀した『澁澤龍彥集成』だってゴシックのにおいが立ち籠めているし、六〇年代末に澁澤が編集していた『血と薔薇』はデカダンそのものといったかんじがするけれど、それらは、多面体の澁澤がみせた一面に過ぎないと思う。

澁澤龍彥の文章がいまも熱烈なファンをもって読み継がれているのは、ことばの軽妙さと、清潔さにあると思う。「わいせつ」を書いていてもどこまでも上品だ。澁澤は、真冬になると白いタートルネックを好んで着ていたらしかった。写真にもやわらかそうな白いタートルネックを着てうつっている。その色を纏う澁澤は上品で、そのたたずまいは、そのまま文章にあらわれている。白ウサギを「ウチャ」と呼んでかわいがり、ムカゴの季節になると嬉々として自邸の庭や鎌倉の寺にとりにいくエピソードを読むと、子供のような、一国の王様のような、ふしぎな感じがする。四谷シモンが澁澤に贈った真っ白い天使像があるけれど、澁澤と親交の深かったひとたちのエピソードを読んでいると、澁澤が天使のようにもみえる。「幼時体験について」というエッセイが本書に収められているけれど、子供のまま生きることを澁澤は肯定的に書いていた。書いたことば通り幼態成熟（ネオテニー）のひとだったのだと思う。

澁澤の書いたことばを追って読むと、偏執的な感じがしない。じつはフェアネスのひとだったと思う。
澁澤自身引用しているけれど、オスカー・ワイルドの『ドリアングレイの肖像』の序文とかさなる。

道徳的な書物とか、反道徳的な書物とかいうようなものは存在しない。書物はよく書けているか、それともよく書けていないか、そのどちらかである。ただそれだけのことだ。

この一文の通りのことを、澁澤は責任をもって挑んでいたような気がする。エロス、グロテスク、それらが反道徳的だとして追いやられていることがおかしいから、それをとりあげた。ないがしろにされていた事物に光をあてたからで、それに取り憑かれていたのではない。彼の公平性によるものだったのではないかと思う。
本書は、『少女コレクション序説』というタイトル通り、いくつかの「少女」についてのエッセイが収められている。オブジェに対する嗜好のひとつとして少女を書いているから、コレクションされる少女たちは、少女の結晶化されたすがたであって、生身の女の子たちそのものの話ではない。少女を賛美していても下品じゃないし、嫌悪も抱かない。この本のなかの少女たちには生身がないからコレクションできる。石や貝殻と同列のものとして語られている。からっぽで、観念のなかにしかないからこそ、エロティックなのだった。澁澤の書く少女には、血肉がない。臓器がない。臓器があったとしても、それは蠟でできている。「人形愛の形而上学」を読んでいると、十八世紀に解剖学のためにつくられたという人体模型を思い出す。身をよじらせる少女の人体模型で、解剖学のためにつくられた人体模型という体裁だけれど、恍惚とした表情の少女の身体をあけると、食道や胃壁、子宮、さまざまな臓器がみえる。私は、採血の針をみるのも苦手で手術映像もホラー映画の血糊でさえ手の力がぬけるほどの恐がりなのだが、開腹してほほえむその少女たちは、エロティックで、みつめつづけてしまう。きらきらした腸管の露出した少女が、ほほえんでいる。学問のためにつくられたとはとてもおもえないエロスがある。澁澤龍彥の書く少女を読むとそれがあたまによぎる。

「エロスとフローラ」には、澁澤が愛している貝殻や骨、珊瑚虫といった、動物と植物のあいだに位置する物へのエロスを書いている。貝殻は生きていた記憶の形を保持したまま、存在している。そこに、結晶化された少女も位置するのではないかと思う。球体関節人形や蠟人形は、有機と無機のあいだにありつづけるから、どこまでもエロティックなのだ。

「昼休みのドラコニア」

誰かが、思春期はきもくなることだと言っていたけれど、もれなく、私もきもかった。中学時代、学校にひとりの友達もいなかった。友達がいない、先生ともなじめない、学校にいると、じぶんという存在が生きていること自体恥ずかしい、と思いかける瞬間があった。あのとき、ネットと音楽と本という逃避先があってほんとうによかった。学校、とくに移動時間と昼休みが最悪だったけれど、学校が終われば、日々楽しかった。澁澤龍彥を、たっちゃんとあのころ呼んでいた。たっちゃんありがとう。

足の思い出

高校生のころ、複素数のところで、数学の授業にまったくついてゆけなくなった。「虚数」ということばには惹かれるけれど、計算がいっこうにできない。記号の i が、腕をまっすぐ伸ばして小刻みにはねて近づいてくるキョンシーにみえるようになって、数学を勉強するのはやめようと思った。授業が始まると申し訳ていどに教科書をだして、適当にひろげたページのうえに、谷崎潤一郎の文庫本を重ねた。当然、教師もそれに気づいていたけれど、大谷崎なら仕方ないと思われたのか、私の行為は黙認されていた。以後、数学は谷崎潤一郎を読む時間になった。

日本海軍による真珠湾攻撃の日に、谷崎が鮪を分厚く切ったマグテキを食べながら、

「私は必ずフイリピンかハワイ辺から時を移さず爆撃機が襲来すること丶思ひ、ビクビクしながら食べてゐたが、そのスリルの故に一層その夜のマグテキは美味に感ぜられた」（「高血圧症の思ひ出」）と書いたエッセイや、「過酸化マンガン水の夢」に強く惹かれた。鱧の真っ白い肉と表皮のぬるぬるした半流動体が女の肉体にかさなったり、ビーツの食べすぎで鮮やかな紅の体液がでて、そこに便が浮かんでいる。そこにまた四肢のない女と女優の顔がかさなる。すごいものを読んでしまったと、その後しばらく繰り返し読んだ。あまりに夢中になって読んでいたので、近くに座っている友達も「刺青」の人だよねと興味を示して、気づけばそろって、「エロい！」と言いながら、『痴人の愛』や『瘋癲老人日記』を回し読みした。なかでもNちゃんは、谷崎作品のヒロインと同じ名前だったこともあってか、驚くほど谷崎作品に傾倒していった。

　夏だったか、春だったか、かなり季節があいまいになっているのだけれど、親しかったクラスメイト達と京都にでかけた。そのときNちゃんもいっしょだった。高校生にしては宿賃の高い旅館に背伸びして泊まっていたので、長居しなければもったいないと思い、私は浴衣に着替えて、部屋でくつろいでいた。Nちゃんもいっしょに部屋でごろごろしていた。Nちゃんは、目は大きいのにいつも眠たそうな顔をしていた。

ひろい室内で距離をとって、携帯をいじったり、本を読んだりしていた。Nちゃんは手にマニキュアを塗っていた。

ねえ、朝吹、と呼びかけられて、なにかと思って顔をあげたら、離れていたはずのNちゃんがそばにいた。足なめていい？ とNちゃんは言った。それが「鉛筆を貸して」というくらいの軽い口調で聞こえた。Nちゃんは私の目をじっとみる。真顔だった。私が通っていたのは女子高校で、学芸会で沖田総司の役をしたこともあって女の子から告白されることがときどきあり、そのことを私自身快く思っていた。ただ、彼女に対していちばんの仲良しではあれどまったく恋愛感情がなかったので、どうしようかと思った。これが懇願口調だったり、くちとくちの接吻への希望だと「ごめん」と断れた気がするのだけれど、あまりにも軽い口調だったので、足ならいいかと思って、「べつにいいよ」と応えて、座椅子に腰掛けたまま、足だけNちゃんにむかって投げた。Nちゃんは「ごめんね、ごめんね」とちいさい声でつぶやいてから、私の足を舐めはじめた。足全体ではなく、五指を舌でそっと舐められた。

『瘋癲老人日記』で息子の妻の颯子が脛から足指にかけて、義父の卯木老人に舐めさせる場面を思いだした。読んでいるときはその場面にひどく興奮したのに、実際に起こるとなにもおもしろくなかった。舐められるのはとてもくすぐったいことのように思えるのだが、そのときは、彼女が前屈みになって舐めるすがたに気圧されて、くすぐったいというより、舐められている部位の感覚がなくなっていった。Nちゃんにむけて話す事柄もなく、そして舐めさせているという嗜虐的な悦びもなかった。Nちゃんは塗りたてのマニキュアが畳にくっつかないよう、指をおりまげて天井にむけていた。指舐めをみているわけにもいかず、とりあえず、近くにあった文庫本を読むことにした。なにを読んでいたかは覚えていない。十分と舐めていなかったと思うけれど、とても長い時間経ったような気がしていた。

「足の思い出」

今回のエッセイのことで数年ぶりにNちゃんと連絡をとった。なんであんなことしてたんだろうね（笑）と彼女はひとごとのように言って、それはこっちの台詞だと思ったが気持ちはわかる。Nちゃんは、当時、私が友達同士しか読まない掲示板サイトにBL小説を書きなぐっていたときに、読んでくれたひとりだった。

中浮

百年たっても、日本に、初夏という、からっと晴れわたる季節のはじまりが一日でも残っていたらいいなと思う。昼は暑かったのに、夜になると急に肌が冷えて、タンクトップのうえからパーカを羽織って、半透明のシロップのかかった無果汁氷菓をスプーンでざくざく砕きながら、本を読む。日中はかなりの暑さで身体のうちは熱がまだこもっているのに、肌の表面だけは、冷えている。明朝飲むために、つくったばかりの温い麦茶といっしょに、甘いだけの氷を食べて、熱っぽく倦んだ身体を涼しくする。夏が来ると、明治期の水路のことが詳細に記された幸田露伴の随筆「水の東京」を読む。藍がかった水脈がいくつも分岐し、近くには一叢も生えていない蘆荻（ろてき）が、川沿いにそよぎはじめる。風が吹いて、葭や葦のような水辺に生える草が丈を伸ばしている。吉原にむかう男をのせた猪牙が目の前を通ったりする。「三味線堀」という聞き覚えのない場所の名があらわれる。不忍池から忍川を三味線堀でつなぎ、その水は鳥越川を通って隅田川にまで流れていた、らしい。三味線堀は百年前に埋められてしまったが、全長二二キロの荒川放水路がつくられたのも百年前になる。川筋は、途切れたり、ふえたり、たえず変わっている。生まれ育った東京のことであっても、方向音痴だからか、しめされた地名や河川が「あの場所に続いていたのか」という実感には、なかなか置き換わらず、地図をひらき見ても、位置がわからなくなる。身体のなかにある方位磁石が狂っていて、くるくると針が渦を巻いてしまう。部屋のなかで川の名を読みあげる。針がくるくると渦をつくる。「水の東京」を読むと露伴の「幻談」のことも同時に思い出す。水辺でふしぎなことがおこる小説のなかでも「幻談」は極めて透き通っていて、「皆さん方」と声をかけられて、談話のかたちではじまりはするのだけれど、発話者のいないような声をしている。聞こえない声で、声帯を震わせているような感じがまったくしない。水が読み手にむかって流れこんでくる。文字になって読めることさえ奇妙だと思う。西脇順三郎が「無色の言葉」で詩を書くと折口信夫との対談のなかで言っていた。小説は、無色から遠いごった煮であるところが好きだけれど、小説に「無色の言葉」で書かれた作品があるとしたら、「幻談」のようなことばだと思う。明度が高すぎて、水が流れていることもわからなくなるような、透き通り方をしている。マッターホルンに登頂した人たちの話を読んでいるときは、まだ談話形式で話を読んでいるという意識があったけれど、進んでゆくうちに、とうめいになっていって、話す人も、聞いている人も消えてゆく。徹底して誰もいなくなって、風景だけになる。山のうえでみた雲粒が大きな十字にみえた西洋の人たちのすがた、御台場の狂ったような荒浪、神田川の船宿、魚釣は外でするものだから、日がさしたり、雨がふったり、いろいろする。両国橋のうえから白い刷紙をハラ〳〵落とす女がひとり。板のうえのことはなにひとつ教えないのに、釣舟のうえに座る式はていねいに指南する大役者。川の脈釣りだの海の竿釣りだの、細かい違いがわからないけれど、人〻が魚釣をしている。中年の船頭が釣好きの客をのせて海にでている。潮間に供される、上下箱のなかに入った、ちょっとしたさかなと、柳蔭を舐めて、糸のさきをながめる。日が暮れてきて陸の方はすっかり暗くなったのに水のうえだけはへんに明るい。そういうときに、「お客さん」は流れてくる。水面からでず、底にも沈まない、「中浮（ちゅううき）」の状態でむくろが漂っていて、手には、上等な竿を握っている。上流で仕事をしていた岡釣師だろう、と船頭が言う。死人はもう釣ができないからと竿をひきぬいて、乗っていた客に船頭は渡す。明くる日に船頭と客は魚釣りをしにまた同じ海にでる。葭のようなものがヒョイと生えているのをみると、ひきぬいた竿とおなじようなものが水面からでている。風景が怪異という表現はそぐわないかもしれない。船頭と客が顔を見合わせるが、そういうことがあった、ということでしかない。怪異を信じているかいないかは関係ない。話の筋はとうめいなのに、水面に立つ竿の線だけ、すっとあらわれる。ふしぎはあらわれることも消えることもなく、中浮のまま紙に漂っている。

「中浮」

露伴全集全四十四巻を古書店でみては買うか否か迷っている。全集がほしい作家はそんなに多くない。吉田健一、折口信夫、谷崎潤一郎、泉鏡花、幸田露伴。

大学時代、芭蕉を読むためにそろえた露伴の『評釈芭蕉七部集』。「猿蓑」のところだけ読んで、ちゃんと通読したいと思いながら、ずっと本棚にしまわれたきりになっている。

ともぶれするよろこび

制服を着ていたころ、冬の夜のほとんどの時間を、厚みのあるふとんにくるまって暖をとりながら『金井美恵子全短篇』を読んでいた。

書かれてあることば越しの、窓から差しこむ柔らかく明るい光、赤さびのでる水道水の音、匂い菫の石けん、スミレという女の濡れた身体、皮膚の上の水滴のまるさ。てんで無関係なイメージもいっしょに、文字に押し流されて、ひたすら読み耽った。

金井美恵子の小説を読むと、時空も、感覚も、偏在する。「存在はあらゆるところに同時にある、ここはまた二十億光年かなたでもあるのだ」（クセナキス『音楽と建築』）という奇妙な確信にみちる。それは、吉田健一の作品を金井美恵子が読んでいるときの、「読んでいる時、わたしたちはまさしくパリにいるのであって、パリにいるつもりになっているのではない。パリにかぎらずあらゆる場所に。そして、わたしたちは同時にここにいる」(「快楽と死」)感覚と同じではないかと、そっと推する。
全集のなかにおさめられた「あかるい部屋のなかで」を読み終えたあと、人心地つきたくて、全集の終わりの方にある、あとがきの頁をさがす。あとがきの季節は夏の終わりだった。蟬が鳴き騒いでいるなか、ふとんのなかで本をひらいている私と同じように、金井美恵子が寝台に身を横たえていた。彼女は、『彼自身によるロラン・バルト』をぱらぱらとめくっている。金井美恵子は、バルトのことばを読んでともぶれする感覚を、「共感というのは、少し汗ばむことだ」と表現していた。ことばを読むと、体熱があがる。

ごくささやかなことに、たとえば、バルトの書く、パルマのすみれといった言葉に、アミエルの日記の天気の記述について、きりきりに冷えたビールについて、私は共感するのだが、それはいつも、別の本のページを開くこと、別のイメージの泡立ちへと私を誘い出す。

興奮と幸福感が読む行為そのものだと、寄り添うように読む。書かれた作品は、読まれるために、ある、という、ひらかれたもの。読むことのきりのなさを感じていた。

＊

金井美恵子という固有名詞をはじめてみたのは、本棚の一角をしめていた「現代詩文庫」をひきぬいて遊んでいたときだと思う。子供の力でもひきぬきやすい薄い冊子で、それを、ただながめているだけで、読むというわけではなかった。

詩集は、吉岡実の隣にあり、吉岡実の三文字に比して、五文字の、とりわけ突き出た「子」の字に惹かれたという記憶があるのだが、それは記憶と想像とをとりちがえているかもしれない。どの詩集も裏表紙には著者近影がかならず載っていて、著者の多くは、老人か中年男性だった。そこに、自分より少し年上といったくらいの少女がうつっていることに驚く。子供のころ、本は、死者の居場所だと思いこんでいた。少女の頭髪は短く、襟ぐりのあいた白いカットソーを着て、目尻が少し尖っていた。幼少期に写真を撮られるときの「眼をしばたたかずにいる短い間の緊張」(『あかるい部屋のなかで』のあとがき）ということばを読んだとき、ふいに、その近影のことが、頭をかすめたりする。

十代になったころ、金井美恵子の小説を読みはじめ、それと並行して、エッセイや対談を手にとるようになった。とりわけ、『セリ・シャンブル3　金井美恵子・金井久美子の部屋』という本が好きで、図版が豊富で美しかった。それまで名前しか知らなかった大岡昇平を読みはじめるとば口になったり、バルテュスの絵をみつけたりしては、まさに汗ばみながら、友人に興奮したくちぶりで話しかけるように、読んだ。

*

ひとりの特定される個人だという意識をもって金井美恵子の小説を読んだことはなかった。書き手が、どこの誰であるのかは、本をひらくと、すぐに消える。浮島のように、よるべなくただよう世界全体が、文字のなかにある。ただそれを読む。

「魅惑の谷崎源氏」を読んでいたとき、『ピース・オブ・ケーキとトゥワイス・トールド・テールズ』の、アキノスケの夢の場面が、よみがえっていた。「物語は世界を閉じているがゆえに、部厚い解釈の衣をつきぬけて、谷崎潤一郎のような作家に、語り直すことを何回も要請するのだ」(「魅惑の谷崎源氏」)。それは、金井美恵子の小説のなかでも同じだった。アキノスケの夢を読んでいるときは、小泉八雲の引用ということさえ考えず、ひたすら金井美恵子の書いたそれとして読んでいる。その背表紙の名前も、ことばをたばねたひとではあるらしいのだが、誰であろうとかまわない。ただ、ひたすら、読んでいるこの瞬間に起きていることとして幻惑される。これが、ほんとうの「語り直し(トゥワイス・トールド・テールズ)」だと思う。

*

作品を読んでいるときは、金井美恵子がいったいどんなひとであるのか、小説のなかに、彼女自身の記憶を読みとるなど考えられないから、なおのこと、エッセイでの、日常生活がかいまみられる話を読むのが好きになる。

「北鎌倉のユートピア」の心地よい記憶。金井美恵子・久美子姉妹が澁澤龍彦といっしょに北鎌倉でムカゴを採る。ムカゴとしいの実を抱えて、最終電車に揺られて、「野いちご」を歌って帰る姉妹のすがた。吉岡実の家での姉妹は、吉岡実夫婦と、家族団欒のように、NHK大河ドラマの総集編をみている。鯛鍋のなかのとうふをすくいあげるタイミングをせいたり、こまめに茶殻を捨てて何杯もお茶をのむ、吉岡実のすがた。泊まるときに、「ピンクと白、赤と白の格子柄のマクラを押入れから取り出し、どっちが美恵子で、どっちが久美子にする？」と問いかける妻に、吉岡実はせっかちに、「どっちでもいいよ」とこたえたりする。「落ちつける場所」では、金井美恵子にとって、大切な書き手である、瀧口修造と吉田健一、二つの夏の通夜のことが書かれる。通夜の最中に、隣から聞こえる日常の音。すぐ向かいのアパートの窓から、バスクリンのにおいのする白い湯気が流れて、ビールのつまみの相談をする若い娘の平時の声が聞こえる。「くつろいであけすけな声」ということばが、ほんとうにそれとして、そこに居合わせたわけでもない私の耳に届く。通夜とはてんで無関係な「メンチ・カツ」や「朝食のおかず」といった暢気なことば。生活の音や気配で、もういない人のことが際立つ。開けはなたれた庭先から、百合や菊、そうした花々と、お焼香のにおいが混ざり、手にしているグラスのなかのビールの気泡、酵母のにおいと、喪服のナフタリン臭、書かれてはいないにおいにまで、誘われる。死に顔、などということは一切触れられず、吉田健一の『埋れ木』を読み返しながらまざまざとよみがえった光景を、私も思い出すようにして、読んでいるのだった。金井美恵子が読んでいる本へと誘われて、私は、「落ちつける場所」をひらいたまま、吉田健一をさがしに、本棚にむかう。吉田健一を読んでいると金井美恵子の小説が読みたくなって、また本棚にむかう。ことばがことばを誘惑する。読んでいるうちに、私自身の記憶か想像か、判別しがたいイメージまで、思い出されるようにひろがり、しばらく、読むことが遅延したりする。ことばの筋のむこうには、無数の扉があり、つぎからつぎへと、扉をあけて、のぞいてゆきたくなる。ことばは永遠に尽きることなく、分岐と、増殖とを繰りかえし、いつまでもおわりがない。読書をしている時間、小説のなかの時間、すでに書かれた、あるいは、まだ書かれていない小説にむかって、いくつもの時間が繋がっている。

金井美恵子は、書見台にむかって、背筋をのばして、しかつめらしい顔をして読む、ことはしない。ベッドのなかでくつろいで、読む行為そのものを愉しんでいる。ふかふかのマクラを背中にほどよくあてがい、ベッドサイドには、耳かきやシオリを用意したりしている。繰りかえしエッセイに登場する読書のおともは、クッキーとミルク紅茶。それがベッドサイドに置かれている。本をひらいたら、あとはただ、身を、文字に浮かばせる。

「ともぶれするよろこび」

あこがれのひとのことを書くのはとても難しい。金井さんから以前、和歌山の梅干しをいただいた。金井さんのエッセイ集『たのしい暮しの断片』に書かれているところの肉厚な梅干し。さっそく、かぶにさとうをふってもんで、しょうゆとかつおぶし、そしてたたいた梅干しをあえて食べる。塩味だけのシンプルな梅干しで、唾液がじわっとでて、とてもおいしかった。

甲羅酒

柳瀬尚紀さんにはじめて会ったのは札幌だった。当時、大学生だった私は吉増剛造さんのおっかけをしていて札幌まで遠征した。ひょんなことで山口昌男さんを囲む昼食会に呼ばれて、柳瀬さんの隣の席になった。小説を書く前だったから気楽に会えた。柳瀬さんはちっともごはんを食べず、酒ばかり飲んでいた。常温のビールを注文していた。柳瀬さんは冷えたビールは絶対のまない。食事中、山口さんの記憶がときおり混濁し、ワームホールのようなところに会話の筋が入ってしまうのだが、柳瀬さんも吉増さんもいっさい気に留めないから、心地よい昼食会になった。襤褸のモレスキンノートを私は持っていて、そこに、柳瀬さんの連絡先をもらった。破れたからなのかガムテープをノートの表紙に貼っていて、それをみた柳瀬さんが「ガムテープがいいねー」と言いながら、メールアドレスを書いてくれた。

ときどき柳瀬さんとお酒をのんだ。渋谷の１０９のすぐそばにある玉久というお店にも連れて行ってもらった。魚がおいしかった。蟹の甲羅に酒を注いであぶった甲羅酒をのんだ。酒に蟹味噌がとけ、こちらの脳もだらしなくとけて酔いがまわった。柳瀬さんはツイードの上品なジャケットをよく羽織っていた。最近『太平記』をおもしろく読んでいると話すと、『平家物語』より言葉が定型に落ちてしまって劣る、と柳瀬さんに言われた。戦術がリアルで、みょうに細かなところまで書いてあることが滑稽なのが『太平記』の面白いところだと返答したが、そのまま話は流れた。もう少しつまらなさの詳細を聞けばよかった。

棋士の先生方と将棋を指したこともあった。私があまりにもへぼな指しぶりなので柳瀬さんは最後の方はあきれていた。競馬にもいっしょにでかけたのに、何を話したのか覚えていない。たぶんとくになにも話していない。声をかけるのもためらわれるような集中力で柳瀬さんが競馬新聞を読んでいたことだけ覚えている。その日柳瀬さんはけっこう負けていた。たしか。

柳瀬さんのメールはたいてい早朝に来る。柳瀬さんは夜通し翻訳をし、朝方になるとギネスをあけ、酔っ払ったのちに就寝するらしかった。重大なことを思いついた書きぶりのメールが届いたとき、なにかと思って読み進めたら、「三億円事件の犯人は吉増剛造であるという小説を思い立って挫折したことがありました。リアリティが(フィクションとして)ある！」だからそれを題材に書きなさい、といった意味不明の与太メールが主だった。新しい小説を書けずにいたとき「なんでもいいからもうはやく書いて出せ」とまで言ってもらったのに、私は発表できなかった。

柳瀬さんには、よくもの知らずであることを怒られた。「ソクイで原稿を壁に貼ったらいい」と言われて「ソクイってなんですか？」と返して、そんなことも知らないのかと、たしか神楽坂の龍公亭でごはんを食べていたときに怒られた。怒るというより、ことばをないがしろにしている事への憤りだったかもしれない。ことばをあつかう人間としての知識の少なさを嘆いているようだった。ソクイは米を練ってつくる糊のことだった。続飯。しらんがな、とそのときは思った。数年後、大分県の国東半島で飴屋法水さんと滞在制作をしていたとき、私は突如続飯を思い出して実践した。その土地でとれるお米を指でつぶし、原稿用紙にその土地の時間全体を付着させたかった。柳瀬さんに実践したことを伝えたら「本当にやるとは……」と笑われた。

私は『ユリシーズ』の十一章がとても好きだ。十一章を読んでいると、世界にある音をまとめて聴いたような気がする。文字を追っているはずの目玉から音楽がきこえはじめる。目玉でも音楽を聴くことができることへの感動がある。驚きもまた音にからめとられて、ひたすら押し流されてゆく。一文字が持つ、意味、発音、かたち、一点一画ごとに音がきこえる。音貌がみえる。「遠くから」「近くから」少しずつずれて音が折り重なる。恐ろしいことに空間の奥行きや人間の動きがそれでわかる。すごい翻訳だと思う。一段落読むごとに、息継ぎのような深いため息を吐いていた。初読のときも、いまも、何度読んでもかわらない。自分のため息も文字に取り込まれて「抛(ほ)ルン」の管を通る音としてもきこえる。体内から小説の言葉が突き上がって来る。音楽は言語になる。言語でしかきこえない音楽。音符には翻訳できない、頭のなかでしか鳴らない音楽。柳瀬尚紀の声なのかジョイスの声なのかわからない。とにかく目玉が驚く音楽が鳴っている。日本語を読もうとする人が存在する限り、本をひらけば音楽はきこえる。

　私が好きな書き手はたいていすでに死んでいるから、柳瀬尚紀もずいぶん昔に死んでいた気さえしてくる。柳瀬尚紀には本を介してこれからも会えるけれど、甲羅酒を教えてくれた柳瀬さんには会えない。当たり前なのだが、その当たり前なことがずっと腑に落ちない。また柳瀬さんに会いたい。

「甲羅酒」

はじめて柳瀬さんに会ったとき、札幌の中華料理店でさかんに黒ギネスがあるかどうか、そしてあるとしたら常温のをもってきてほしいと駄々をこねていた。黒ギネスはなく、キリンの瓶ビールを常温でのんでいた。

渋谷の玉久は柳瀬さんのいきつけ。柳瀬さんの愛猫が食べるおさしみもたしか玉久さんが買うと言っていたっけ。

IV

さくらもちのにおいのするころ

〈日々のこと〉1

近くの川沿いには、ソメイヨシノがたくさん植わっている。人通りの少ないときに歩いていると、さくらのにおいではなく、さくらもちのにおいがする。くすんだ甘いにおい。においのする花といえば梅だと昔から決まっているのに、この界隈のさくらは仄かにあの生菓子のにおいをさせる。よそで咲くソメイヨシノ、大島桜、枝垂れ桜、いろいろな種類に鼻を近づけたけれど、どれも土のほかほかしたにおいしかしない。

さくらもちの芳香はクマリンという成分によるもので、葉を塩漬けにすることではじめて生成される。風向きによっては潮風の吹く土地だから、塩をふくんだ風によって化合したのかもしれない。そんなでたらめなことを考えてみる。

さくらもちの、ほこりっぽいあまじょっぱさ。糯米特有の粘りけ。くちのなかがひんやりするあの感覚を思い出すと、無性に食べたくなる。さくらもちを買って家に帰るとすぐテレビをつける。将棋の名人戦の中継をみる。名人戦は、将棋の大勝負のひとつで、毎年春になると、名人と挑戦者とが七番勝負を行う。それを毎年みている。対局室一局を二日間かけて指す長丁場の対局だから、棋士たちも、おやつを食べる。対局室内の盤上の激しさと、「おやつ」ということばの暢気さ。対局室にチーズケーキやレモンティーが運ばれる。両者とも無言でたべる。将棋は、人間が生み出したゲームであるはずなのに、この世界の仕組みとはまるでべつの理で動いている。

対局者のすがたをみつめながら、私もおやつにさくらもちをたべる。めんどうなので熱湯緑茶。二煎目をすすっているときに、窓ガラスがすっかり雨水で濡れていることに気づく。春の雨はやっぱり音がしないと思う。テレビ中継を見終えると、晩ご飯の買い物にでる。陽が落ちると急に肌寒くなるから冬物のセーターを着てゆく。いつまでもクリーニングに出せない。スーパーでも棋譜中継を確認したりする。雨水がしっとりと肌の奥にしむ。傘を差しながら川沿いを歩く。ソメイヨシノから、たべたばかりのさくらもちのにおいがしている。

「さくらもちのにおいのするころ」

フレデリック マルというフレグランスメーカーに、冬の水（L'EAU D'HIVER）という香水がある。エルメスの調香師として知られるジャン＝クロード・エレナがつくった香りで、クマリンがベースに入っているからか、さくらもちや求肥餅のような香りがする。冬の水、という名前だけれど、ほっとする香りで、冷たい印象はない。田園が窓からみえるような簡素な小屋にいて、顔を洗うときに、水に日射しがやわらかくあたって、きらきら光る、そんな光景を勝手に思っている。私の体臭とは残念ながらあわないのだけれど、母がよくつけている。母がその淡い香りにつつまれていると、近寄って、うっとうしがられるほど嗅いでしまう。

どかべん 〈日々のこと〉2

このよで　いちばん　すきなのは　おりょうりすること　たべること

(『ぐりとぐら』)

『ぐりとぐら』を読んでいた時代からいまもかわらず、この文章にぐっとくる。とはいえ、味噌汁の味が日によって微妙にちがったり、鍋をしょっちゅうふきこぼしたり、ささがきも厚みがふぞろいなので、「おりょうり」はへぼなできだけれど、つくる／たべるは、人間生活の根っこだ。家族が病気で入院しても、恋愛でめそめそしても、自分にとってのクライシスがおとずれたとき、たべるがなんとかなっていると、たいてい落ち着く。つくるはその場合二の次だけれど、かぶだけ入ったおじやとか、納豆とチーズをのせたパンとか、メニューにないたべものがほしいときは、つくるしかない。

たべることのよろこびには、弁当のふたを開ける瞬間のわくわく感も含まれる。あのうれしさは、日常的な幸福のかなり上位にくると思う。中学高校と私が使っていた弁当箱は、男子学生が持つ、いわゆる「どかべん」で、容量が大きすぎて市販の可愛い巾着袋に入らず、スーパーの袋や保冷用のパッキング袋にいれて持ち歩いていた。クラスメイトの弁当箱は小さく、ピンクや黄色でかわいらしかった。ただ、私が求めていたのは、肉料理と満腹感であったので、かわいらしさとは無縁の、アルミ製のどかべんでよかった。

はじめて弁当の優美さを知ったのは、歌舞伎座の松花堂弁当だった。おなかが膨れること以外のよろこびである、彩りや見た目の優美さの楽しみをはじめて知った。黒塗りの光沢消しの箱。ふたを開けて、そのきらきらしさにびっくりした。俵形の白米や混ぜご飯、清酒のかおりがほんのりする海老、煮浸しの青さ、つやつやの黒豆、てんぷら、花柄のお麩、まぐろのしぐれ煮、笹に包まれたお餅。弁当作りには、矩形のうちにいかに詰めてゆくか、という手仕事のよろこびがある。京都の友達の家でたべた仕出し弁当の菱岩もほんとうにきれいだった。弁当って創造的なコラージュだと思った。

最近、うまれてはじめて自分で弁当箱を買った。小説を読んだり書いたりしていると、あっという間に夕方になってしまう。昼食をつくるタイミングがわからず、小腹が空くたびに、蒸しパンをたべる、ということが続いた。しょっちゅう台所にたって蒸し器をかけているより、朝、まとめて昼の分もつくって弁当箱に詰めればいいのだと気づいた。弁当箱は、優美で小さなものにしようと思いながら買い物に出た。じっさい購入したのは、秋田の曲げわっぱ。しかも二段。大人になってもあいかわらずの、どかべん。

「どかべん」

　ある日、父が花見弁当をつくってくれたことがあった。ジップロックの角型タッパーに白米がきちきちに詰められていて、そのうえに、牛肉とたけのこのしぐれ煮、アスパラガスの黒ごま和え、甘めの玉子焼きがのっていた。さんしょうの葉もちらしてあって、なかなか風情があった。父母と三人で、タッパーをもって、家からいちばん近い公園で包みをひらいた。玉子焼きはまだほんのりあったかかった。ソメイヨシノはすでに散っていて、人もまばらで、八重桜やウコンが静かに咲いていた。父と私は早食いなので、五分もしないうちに弁当は空になった。母が食べ終わるころには、桜にも飽きてしまって、尻も冷えて、三十分で花見は終了した。

雨の日のスパムおにぎり

〈日々のこと〉3

雨の降る気配を、人はどうやって察知するのか。こめかみの疼き、鈍色の雲の動き、風、天象の変化でわかるのとはべつに、すでに大気に含まれる水の重さを皮膚が吸いこんでいるから、わずかに肌が膨らんだことで、それがわかる。人体は液体のつまったおおきな皮袋だから、なかを満たしているその水が、皮膚をやぶって外へとあふれ出たいと、どこかで欲望しているのかもしれない。

降りはじめの雨特有の水くささに閉口して、窓を閉じる。土の盛り上がったにおい。車体も屋根瓦もマンションのへりもみな洗い流される。ほこりっぽい雨の色。歩道のみぞにたまった泥のにおい。家のなかも膨らんでいる。畳の目もいつもよりぎっしりしているように思える。根が出不精なのもあって、ごろごろ寝転がりながら、雨音を聞く。本降りになってから、銀行の用事や、コンタクトレンズがきれていることなどに気づく。

長靴、雨合羽、傘、トレンチコート、最近はカラフルで可愛く機能性の高いものが多いけれど、そうした雨具にさしたる関心はない。コンビニや薬局で買う五百円のビニール傘、あの膜っぽさに惹かれている。布製の傘になると、世界と私との境界がしっかりするのにくらべて、ビニール傘は、とうめいな膜に包まれながらも世界にひらかれているという、あの、あいまいな距離が私は好きだ。用事を済ませて家に帰ると、長靴に蒸れて足先は汗ばみ、反対に太ももの内側や腰は冷たくなっている。部位によって蒸し暑いような冷たいようなで均衡がとれなくなった身体ぜんたいを、あつめのお湯にどぼんと浸ける。湯上がりのコップ一杯の白湯を飲むころ、小腹が空く。雨降りの日には、みょうにスパムおにぎりが食べたくなる。快晴のハワイや沖縄で食べる夏の味だけれど、晴れた日の台所で、自分でつくりたくなる食べものではない。窓からさんさんと日の射しこむなか、じゅーじゅースパムを焼いたり、ごはんを握ると、汗でびしょびしょになる。自分でこしらえるのであれば、なんだかうつうつとした、ものの味もわからなくなりそうな雨降りの日にかぎる。さとう多めの甘め玉子焼きとスパムのしょっぱさと脂によって、ぼけた神経が刺激される。

おなかがいっぱいになったら、寝転がる。いつやむのかしれない雨音であるほど、身体が静まる。仮死の状態に近づく。夏が近づいたことを身体の重みで知る。雨音に降り籠められているときの、わずかな不安感が、心地よさにかわる。

「雨の日のスパムおにぎり」

小学生のころ、部屋に「きょうはこの本読みたいな」というシリーズの児童むけ文学アンソロジーがあって、「学校に行きたくない日に読む本」とか「雨ふりの日に読む本」というタイトルがあって、中身の記憶はないのだけれど、そのタイトルが好きだった。「雨の日のスパムおにぎり」にはそのタイトルへの憧れがひそんでいる。ひとりぐらしをはじめて淋しかったころのエッセイだから、少し文章もうつうつとしている。

パンケーキ

〈日々のこと〉4

ひさしぶりに水泳をした。

一日中机に向かっていると、腰が痛くなるし、足がむくむ。あと痔になる。子供のころ水泳をならっていて、水のなかで、身体のすべてがほどけて水に流されてゆきそうなあの感覚が恋しくなって、プールにでかけた。皮下脂肪も落としたいという淡いたくらみもめばえてのことだったのだが、水泳は内臓脂肪を落とすのには最適だが皮下脂肪に関しては期待できないらしい。

バタ足の音、ボイラーの轟音、インストラクターの声、天井の高さと一律に明るい光が気持ちよい。何度もプールの縁で休憩をとりながらどうにか一キロ泳ぎ、冷えた身体にパーカを羽織ってベンチに横たわる。息をととのえながら、ふと、パンケーキが食べたい、と思う。

小学校に上がるころ、毎年夏になるといろいろなプールに泳ぎに行った。なかでも一番好きだったのは、日比谷のホテルにあるプールで、いまはどうかしらないけれど子供も遊泳できるように、二十五メートルプールの隅に浅目のプールが設けられていた。そのホテルのプールに行く最大の楽しみは、帰りにパンケーキが食べられることだった。

アルキメデスがお風呂場から走りでて叫んだ有名なことばが店名になっているダイニングに駆け足で向かい、メニューをひらく。はじめから食べるものは決めているのだが、サンドイッチや蟹クリームコロッケの文字をみる。たまには他のものも食べようかなと惹かれたりもするのだが、結局、ふわふわのパンケーキを頼む。どうして家だとまだらに焼けるしちょっとかたいのか。ぶあつすぎずうすすぎず、三枚重ねのそれに、ホイップバターをたっぷり塗って、ねばっこくない、さらさらのメイプルシロップをかける。シロップのかかったフレッシュないちご。少し冷えた身体を、バターミルクのあたたかいかおりがやさしくくるむ。ただ水遊びをしただけなのだけれど、なにかひとつおおきな仕事を成し遂げたという充足感があった。

いまは、あのパンケーキだけを食べに行くことができる。ただ、子供だった私が感じていた、なにかを成し遂げたような（じつはなにも成し遂げてなどいないのだけど）、もうくたくたになるまで遊びたおしたという満足感のなかで食べるごほうびのパンケーキは特別おいしかった。同じくらいの本気さでいまの私に水遊びが出来るのだろうかと、塩素剤のにおいがうつった水着を洗いながら思う。

「パンケーキ」

いまも、帝国ホテルのコーヒーショップには、年に何度か寄っている。ついつい、パンケーキを頼んでしまう。むかしと味が違う気がする、などと言いたいだけで、じっさいはもうむかしの味を思い出せない。子供のころは、ホイップクリームが嫌いで、よけて食べていたのに、いまは、いそいそよそって食べている。かつて「ユリーカ」という店名だったころは、ロココ調の壁画が描かれていた。いまは、シルバーと赤が基調のアメリカンダイナーに内装が変わっている。夜の、ひとけのないダイナーの雰囲気は、エドワード・ホッパーの絵のなかにいるみたいで、少し不気味でいい。

〈日々のこと〉5

焚き火熱たかまる

深夜、めずらしく眠れず、数十回目の寝返りを打っていたとき、三浦半島で暮らす知人の医師から、メールで写真が届いた。

浜辺で焚き火をしているのだという。

携帯で撮られたその写真は、画素数がひくいのか、周囲も暗くてよくみえなかったが、三角錐型にちいさく組まれた薪がうつっていた。熾火があかくひかり、木肌のでこぼこがそれでわかる。芯があかい、灰褐色の炭。

ソーセージを炙り、熾火に、アルミホイルで包んだじゃがいもやさつまいもを放りこんで食べたらしい。夜中にそんなおいしそうなものはやめてくれと思う。

薪のはぜる音や海鳴りが聞こえるなか、ひとりでワインやマールを空け、海のそばで眠る。薪をくべすぎず、あんばいを調節すれば、水を使わずに消火できる。すっかり灰になったころ、酔いもまわって眠気が来る。気候がいいと、テントを張らずに眠れるのだという。

眠たくなったら、砂浜のうえに、敷物をひろげて、シュラフやブランケットにくるまる。眠る。波音に眠気が引きずりこまれて、さぞかし幸福な体験だろうと思った。

インドの僧が傘を立てかけてそこに頭を入れて眠る写真をみたとき、いちばん小さな家は傘かもしれないと思った。屋根と柱だけある家。私はトイレでおしっこをするより、庭の奥のしげみでスカートをたくしあげてするのが好きだった。焦げた飯盒炊爨飯、アルミの大鍋で煮炊きする芋や肉の味、渓流で魚を釣るのも一度しかしたことないけど愉しかった気がする。川の水は想像以上につめたくて足がかじかむのだけれど。

昔から、火をみていると孤独な気持ちになる。子供のころ、友達の家に泊まった夜、暖炉の不始末が原因で家が全焼したことがあるからかもしれない。焦げたにおいのまま、パジャマすがたで新幹線にのり、家に帰った。

ライターを点けたり消したり、マッチを擦ったり。花火、蠟燭、ランタン、バーベキュー。「焼き場」も嫌いじゃない。燻されるにおいをかぐと、肉も魚も、そして自分も、ただのアミノ酸に過ぎない。

焚き火の写真をみた後、ベッドから起きて、さっそくパソコンで、焚き火に関する本を買った。しばらくぶりなので、まずは本から。この夏は、実際に焚き火をしに出かけようと思う。空と土とのあいだに、自分を仕切るものなく、眠ってみたい。

「焚き火熱たかまる」


『焚き火大全』という本まで買ったものの、いまだに焚き火はできていない。

　このころオーブンに石をしきつめて焼きいもをするとおいしいときき、ほぼ毎日いもを焼いていた。

　子供のころに体験した友人の別荘全焼のことはすっかり忘れていたのだが、『伴大納言絵巻』で応天門が火災にあう炎の赤色をみて、あのときの火事を思いだした。

うどん2回、白菜8回、ベーコン4回

〈日々のこと〉6

タイトルは、私のふだんの咀嚼回数である。白菜はざく切りひとつ、クリスピーベーコンは一枚での換算になる。他の人と比して、おそらくかなり少ない。

「よく噛んで、ゆっくり味わう」のが、健康的かつ文化的な営みであるように考えられている。噛めば噛むほど唾液分泌量が増加し、セロトニンも増加し、歯並びもよくなり、満腹中枢が刺激されて少量でも満腹感が得られる、らしい。

ただ、私は、くちのなかにものが入っているときに呼吸をすることができないので、長く噛むことは苦行になる。息を止めて噛むか、噛むのをやめて息を吸うか、そのどちらかしかできない。適正咀嚼回数が書かれてあるウェブサイトをみたら、うなぎは

五十回とあった。世の人はそんなに嚙んでいるのか。ほんとうなんだろうか。試してみたが、身がほぐれきり、おからを食べているのとかわりなくなってしまった。食べる時間もかかり、うなぎは冷えてゆく。とてもおいしいとは思えなかった。食べる喜びと適正咀嚼回数は一致しない。

うどんを食べる喜びも、咀嚼回数とはまったく無関係なところにある。あれはまるのまま飲み込むことにおいしさがある。私のうどんの咀嚼回数は二回だが、正確には、うどん粉自体を嚙み砕いている回数ではなく、すすったうどんの束を歯で仮止めして喉に押しやるための回数に過ぎない。くちにいれるそばから、仮止めし、飲む。それを繰りかえす。うどんは飲むものだと思う。

以前、讃岐うどん店のカウンターで、見知らぬおじさんと並んで食べていたとき、おじさんの食べるリズムが心地よくて驚いた。青ねぎいっぱいのかけうどんと、ちくわ天。うどんをすすり、つゆをのみ、かきまぜる。ちくわ天のちぎりぶり、箸の割り方を含めた一連のリズムすべてがおいしそうだった。私もそのリズムに乗り、合いの手をいれるように食べた。

「この人とごはんを食べると愉しいな」と感じることがあるのは、食の好みとはまたべつに、咀嚼のリズムが関係している気がする。お酌と同じように咀嚼にも相性がある。正しい咀嚼回数より、めいめい心地よいリズムに従う方が、より文化的だと思う。健康的かはわからないけれど。

「うどん2回、白菜8回、ベーコン4回」

お酌の話でおもいだしたのだが、私はされるのもするのもお酌があまり好きではなく、したがって間も悪い。さいしょの乾杯でたがいにそそぎあうのは全然いいのだけれど、そのあとはそのお店の給仕のプロにおまかせするか、手酌でいきたい。

ビールはそのままそそぐと泡だらけになるから、ななめにすこし傾けてからそそぐものだと大学生のときにきいたのだが、夫はビールの泡が好きで、みているると泡だらけにしてしあわせそうにのんでいる。

どうやっても食べられないもの

〈日々のこと〉7

文字のなかにしかない食べものがある。『ちびくろさんぼ』のパンケーキは、虎を高速回転させたバターでつくるからおいしいのであって、エシレバターも木次バターも残念ながらかなわない。読んだときの感覚以上においしい実際のパンケーキには、永遠に出会えないような気がする。

西脇順三郎の詩にでてくる、「醍醐寺の塔の色をしのぐ／トウガラシを強烈に利かした／金平ゴボウ」（「郷愁」詩集『人類』より）や、北村太郎の詩の、薄皮を剝いで丁寧に洗った「白いネギ」、堀江敏幸の小説で「先生」がくちのなかで転がす「氷砂糖」。読むと、実際にくちに運ぶ以上の幸福を感じる。

食べられないけれど、メニューを読むとおいしそうに感じられる食べものもある。私は柑橘類や桃、梨などのアレルギーがあるのだが、「水蜜桃」とか「文旦」という文字を見るだけで果肉のみずみずしさがつたわってくる。「水菓子」という文字列もとてもきれい。果物を買うときには、これは「水菓子」と表現するにふさわしいか否か考えてじっとみる。それが、おいしさを決めるじぶんのなかの基準になっている。

それとはまったくちがうかたちで、文字を読んだことで食べられなくなってしまったものもある。

チェーホフの「牡蠣」という短篇には、牡蠣を見たことも食べたこともない貧しい少年が、牡蠣がどんな食べものなのかを想像するシーンがある。少年の想像のなかの牡蠣は、ぴいぴい鳴いたり目玉をぎょろつかせたりする。少年の思い描く牡蠣のかたちは、あやふやなイメージなのに、細部に奇妙なリアリティがあった。実際の牡蠣にありついた少年は、目をつぶったまま、殻ごと大量に食べる。書かれたことば自体は乾いているのに、牡蠣のぬめりけと喉の渇くしょっぱさが忘れられず、以後、私は牡蠣を食べることができなくなってしまった。

「どうやっても食べられないもの」

　じっさいに食べると、すごくおいしいというわけではないのだけれど、高校の学食にあった「カレーチャーハン」は文字でみると、食欲を刺激してくる。うおー、カロリーよ！　いくらでも摂取してやるぜ、というすてばちな気持ちで頼む。なると入りの玉子チャーハンに、ルーがかけられる。それを二十分休みにかっこむ。いちばん好きな学食メニューだった。このあいだ母校に仕事で立ち寄ったら、そのメニューはすっかり消えていた。

ホームランバーとゴールデンバット

〈日々のこと〉8

人は材木の橋を通過する
ゴールデンバットをすひつゝ

（「世界開闢説」『ambarvalia』）

西脇順三郎の詩を読むと、くちのなかがほのかに甘くなってゆく。はじめて読んだのは小学生のころだった。西脇自身が描いた絵の、水色や紫の色調に惹かれて手にとった。鮮烈に感じたいくつかの詩のどれもがおいしそうだった。イメージの味を知ったのだと思う。そのうちのひとつの詩が、はじめに引いた一節でもある。
ただ、うまれつき粗忽者である私は、成人するころになるまで、ずっと、この詩に登場する安価なたばこの代名詞でもある「ゴールデンバット」を、駄菓子屋で一本数十円で売られているラクトアイスの「ホームランバー」の戦前の言い方だと断定していた。頭のなかでは、西脇とおぼしき大柄の老人が、ホームランバーの銀紙をひっぺがして、バニラ味と銘打ってあるにしてはうすいミルク味の方が舌に残るシャリ感のあるそれを、木の棒や指に垂れ落ちないように吸いながら歩いているのだとばかり思っていた。その勘違いは長く続いたのだが、ゴールデンバットというたばこが、うすみどりと金のコウモリ模様が施された箱で、ほのかにラム酒のかおりがする葉のにおいであることを知り、その味もまた、いがらっぽさのなかにほのかな甘さがあるような気がした。そうした子供の勘違いがずっと尾を引いているのかもしれないが、やっぱりいまでも、西脇の詩は、どれもおいしそうだと感じる。

若い女がつんぼの童子(こども)の手をとつて
紅をつけた口を開いて

口と舌を使っていろいろ形象をつくる
アモー
アマリリス
アジューア
アベーイ
夏が来た

（「夏（失われたりんぼくの実）」『近代の寓話』）

直接の食べものとはべつだけれど、くちのなかでこの詩をとなえると、くちのなかがほのかに甘くなる。aの頭韻と、つづくmやbの子音がまったりころがってゆく。これがとてもおいしい。音がもたらす味だと思う。

「ホームランバーとゴールデンバット」

思い込みは不思議で、長いあいだ、尾崎豊とマイク眞木を同一人物だと信じていた。理由はわからない。尾崎豊というのはマイク眞木のあたり役で、早逝した音楽家の役だということだと思っていた。書くとますます意味がわからないのだが、とくにこのことを言語化せずにそう思っていた。数年前、尾崎豊のジャケット写真をみかけて、マイク眞木の顔ではない、と気づいた。

真夜中のお茶会

〈日々のこと〉9

この秋は大分県の国東半島で生活している。

演出家の飴屋法水さんのお誘いで、大分のアートプロジェクトに参加している。はじめは「国東」の読みさえ、わからなかった。GoogleMapで、放射状に筋の入ったみどりの島をみて、日本にこんな場所があったのかと驚いた。海の近くの一軒家で、みんなで寝起きしながら、制作している。なぜか家が傾いているので、部屋によっては、寝ているとごろごろ一方に転がってしまう。

私は東京での仕事もあって行ったり来たりの生活をしているが、縁もゆかりもなかった土地がすでに精神の拠点となっていて、国東に「帰る」「戻る」ということばを自然に選んでいる。

小説は机に向かってひとりで作業をするけれど、いまはみんなで車に乗り込み、トレッキングシューズを履いて、首にタオルを巻いて、山道や廃屋を歩きまわり、作業をしているうちに日が暮れる。テクストは歩きながら書くような感じになっている。外にいるので、トイレに困ったら、草陰でする。紙がなければ、葉っぱで拭く。葉っぱは拭きにくい。寝る前に身体が冷えているときは、夜ふかし組の人たちといっしょにチャイを淹れる。そういうことひとつひとつが愉しい。足もとをにんじんと同じ大きさのなめくじが這う。それだけ土が豊かだということだと思う。養分をたくさん吸い上げた野菜だからおいしい。菌類も健やかでそこらじゅうに生えている。滞在している家から歩いて五分ほどのところでは、家庭菜園のミントやセージやしそを自由に摘むことができる。朝、ぱっとみどり色になったミントティーを湯飲みで飲む。

人間の想像力は、場所や食べたもの、あるいはそのときどきのお天気でずいぶんかわるものだと思う。作品は、国東という土地のすでにあるものに向かって、じっくり耳をすましたり、においを嗅いだり、みたりして、はじめてかたちになる。その場にただ現れては消えてゆく一瞬をみたくて、今日も国東にいる。

誰もいない台所

〈日々のこと〉10

まだ国東半島にいる。廃屋での生活がつづいている。人の出入りによってずいぶん家らしい生気がでてきて、もう「廃」ではないのではないかと思いながら庭のあれた景色をみると、廃屋っぽさがあらわれる。

冬に傾いた朝、台所で、まだ目のあききらないなか、やかんに水をそそぐ。火にかけたときのガスの音が、眠りから覚めて間もない耳には、おおきくきこえる。足もとが冷えるので、足先を伸ばしたり、手をコンロの近くにかざす。まだ誰も起きていないので、電気はつけない。時計の音がしている。

台所の窓をあけると、海風が入る。ときどき、フナムシが家のなかに入ってきてしまう。コウモリが台所の天井に二匹いたときもある。シンクの銀色が光る。沸かしたての湯で、緑茶か紅茶か、いずれかを飲もうと、しゅんしゅん、湯の沸く音を待っている。白湯でもいいな、とふと思う。

早朝の台所でも、気配は賑やかで、ベジタリアン、ドイツ人、子供、肉好き、お菓子好き、食の習慣が、みなばらばらなので、珈琲ひとつとっても、豆、インスタント、カフェインレス、めいめいの好みのものが置かれてある。明け方まで製作がつづいたりするので、夜食用の、チキンラーメンや十穀らーめんも束になって置かれてある。テーブルには、六歳のくるみちゃんが、「あれもぜつめつ！　これもぜつめつ！」と図鑑をさしながら声をあげ、その絶滅動物を写していた絵がちらばる。

ひとりで、湯の沸くのを待っている。今日のおてんきを、窓からうかがう。やかんはしずかに火にかけられている。ひたすら時計の音はつづく。たしかに、いまが流れているはずなのに、このまま誰も起きず、朝はいつまでも朝のままであるような気がしていた。しゅんしゅん、湯の沸く音を待っている。

「真夜中のお茶会」「誰もいない台所」

滞在制作中、いつも風邪をひいて寒そうにしていたドイツからの留学生セバ。鼻声で、私の部屋の真向かいの和室で寝泊まりしていた。大阪じこみの日本語で、いつも薄着でうろうろしていた。セバは翻訳のためにいたはずだけれど、なんの仕事でいたのか知らない。寒い寒いと言っているセバにマフラーを貸すと、真理子さんおねえさんみたい、といわれた。ひとりっこだった私にとって、そのことばはおもはゆく、嬉しかった。昨年、ドイツの哲学者が来日したときのＮＨＫドキュメンタリーをぼんやりみていたら、セバが白い紙ナプキンを首からさげて、焼き肉を食べながら通訳をしていた。セバ！　と誰に送るでもなく彼の写真を撮りまくったが、肝心のドキュメンタリー内容はおぼえていない。

この世でいちばんうつくしいもの

〈日々のこと〉11

国東半島で製作した作品が無事に千秋楽を迎えた。二ヵ月ほど滞在していた部屋を掃除するときに、イメージボードとして壁に吊していたブルーシートを捨てた。

国東半島の部屋に着いて、はじめてしたのが、ブルーシートを吊す作業だった。ブルーシートほど、うつくしいものはないと思う。その、吊した青い面に、日々、イメージを括りつけていた。

子供が行列するすがた、会場の見取り図、ことばの断片、引き伸ばした写真——ウズグモの巣、庭に咲いていた彼岸花、「ダンプお父さん」と呼ばれていた上半身裸の男性の家族写真、お祭りに参加する少女、がれきを登る金髪の青年、野焼き、渦雲、コウモリ、水車小屋——、岩山の頂上で採取した苔、つぶれた木の根っこも、養生テープや子供用のいちごやひよこがプリントされたマスキングテープでてきとうに貼ってゆく。

壁の端っこに、同世代の敬愛するアーティスト、宮永愛子と志賀理江子、二人の展覧会のチラシも、励まされるので置いておく。製作が佳境を迎えるころには、壁紙の一部のようになっていて、シートの青色は紙の隙間からわずかにのぞくばかりになる。貼る行為の手は止まり、部屋は、ほとんど眠るための場所になっていた。

千秋楽の夜、壁のブルーシートが、急に、恥ずかしいものに思えた。消え残った夢にみえる。作品が終わったことを、その感覚で知る。

翌朝、さっそく、壁に吊していたブルーシートの金具をとり、壁から外した。畳むときに、ひさしくみえていなかった裏側の、まっさらな青さに、しびれた。ごわついた音、合成樹脂のつややかさ。ブルーシートは、この世でいちばんうつくしいもの。完璧な青。目にとびこむ青に、あらためて惹かれた。

ブルーシートの家

〈日々のこと〉12

一人暮らしの部屋は、ものがないせいもあって、がらんとしている。本を読んだり、書いたり、書きかけの小説のイメージを追いかけているとき、部屋が広くて空気が動くのが落ち着かないことがある。実家の私の部屋は、畳敷きの六畳間で、窓以外の三方が本棚で埋め尽くされていたので机と椅子、布団を敷いてなんとか眠れる、三畳程度のスペースしか空きがなかったから、空気も籠もっていた。その環境になれていたせいで、仕切りのない新しい部屋にいつまでもなれない。

私は、小説にせよ、インスタレーションのテクストを書くにせよ、イメージボードをつくるところからしか創作をはじめることができない。ふいにあらわれるイメージをくりとめておくボードを、実家では、ダンボールでつくっていた。ダンボールは畳めるので、狭い部屋にはぴったりだった。

ただ、一人暮らしをする部屋は白すぎて、ダンボールの色がめだってなじまなかった。白いシーツを使ってイメージを縫いつけたりしたけれど、私は針仕事が嫌いで、さいしょだけうっとりながめていたけれど、すぐに億劫になって終った。いちばんしっくりきたのが、色の鮮やかな、合成繊維でできたブルーシートだった。ひかりにさらされたブルーシートは水をぬいたプールの底にもみえる。それを敷くのではなく、昭和の家でペルシャ絨毯が壁に吊されてあったように、ブルーシートをかけておくのがいちばんなじんだ。去年の夏は、イメージを貼りつける場所にもっと近づきたくなって、ブルーシートを筒にして、それにくるまって、書いた。しかし、ひかりがとどかず、通気性も悪い。しまいにはあせもが大量にできたので、長くは続かなかった。

部屋をちいさく仕切りたい、そしてブルーシートの近くにいたい、ふたつの願いを同時にかなえるのは、部屋のなかにタープを張ることだとわかった。アウトドアショップで簡単に設置できるタープを買った。杭やロープは家のなかであれば必要ない。前面は窓、背面はメッシュ（蚊帳）、横の二面にはブルーシートを貼りつけた。なかには、机と椅子、本は周囲に積み上げる。狭く、青みがかっている。息苦しくはないが、空気があまり動かない。イメージは左右に貼り放題、夜になると、天井にLEDランタンもとりつけられる。もぐりこむと安心する。水のなかに住んでいるみたいだった。このブルーシートタープのなかで、作品をつくっている。忘れっぽいので、メモは直接ブルーシートに書きこめる。書きながら、どんなイメージがおとずれるのかを、愉しみにしている。イメージは自分から遠く離れていて、いつおとずれるのかまったく未知でわからない。イメージとの距離を少しでも縮めたくて、タープのなかに、毎日籠もる。

「この世でいちばんうつくしいもの」
「ブルーシートの家」

ブルーシートの考察をしたいと思いながら時間だけが経った。事件のときに何かを覆い隠すものとしてつかわれるかと思えば、ハレの日にもつかう。お墓のそばにブルーシートを敷いて、そのうえでお弁当を食べたりお酒をのんだりして祖先と交流する沖縄のシーミー祭に憧れる。

イメージタープのなかで原稿を書く作戦は失敗に終わった。タープの居心地をよくすることに専念しすぎて、原稿がまったく進まず、ブルーシートのなかにいるという満足感だけで終ってしまった。いまは日々喫茶店をはしごしながら原稿を書いている。

V

たこ焼きとバーボンチェリー

たこ焼き器を買って以来、ひとがあつまるとすぐたこ焼きをしている。はじめはオーソドックスなたこ焼きをしていたが、タイ料理のじょうずな友達から教えてもらったパクチー入りのたこ焼きを食べてからは、そればかりつくっている。

パクチーたこ焼きは、ソースで食べてもいいし、ナンプラーとレモンもあう。小麦粉と米粉を混ぜたら、卵と冷水をてきとうに入れる。粉がだまになっても、どうせ焼き上がるから私は気にしていないけれど、客人は嫌がっているかもしれない。生地に、パクチー、ナンプラー、砂糖、塩を入れる。すこし甘めの生地にすると、ナンプラーにあっておいしい。たこのかわりに海老、チーズをたして食べたりする。トマト、サラミ、ソーセージ、バジル。とりあえずだいたいのものは、たこ焼きの具材になる。つつみこんでくれる度量の広さがたこ焼きにはある。

友達のリクエストがあると、うれしくなって、つくりにでかける。たこ焼き器の台ごと持って友達の家におじゃまする。電気式の方が軽くてちいさくて簡便だけれど、やっぱり強火にできる卓上ガスコンロでつくった方がおいしい。

みんなで台をかこんで、お酒をのみながら、たこ焼きをつくる。オリーブオイルを鉄板に塗って生地を流し込むと、「こんなにシャバシャバでいいの？」とだいたいのひとに鉄板に流し込む生地の水分量の多さに驚かれる。「シャバシャバ」という擬音語も、じつにそれらしいかんじのする響きで好きだ。薄い小麦粉で空気ごとまるめてふっくら焼き上げるのがおいしい。しだいに湯気がのぼってくる。そのときに、竹串ですぐにたこ焼きをつつきたくなるのを我慢して、持っていた竹串でほかのものを食べる。友達が持ってきたのは、お酒につかったグミだった。フルーツポンチを入れるようなおおぶりのガラスの器のなかにたっぷり入っていた。バーボンに二日つけたチェリーグミ。焼酎につけた、クマのかたちで有名なハリボーグミ。それがほのぐらい照明のなかでぷるぷるに光っている。色もかたちもふやけると、グミが急に神秘的な食べものにみえる。お酒をたっぷり吸ったクマとチェリー。それを竹串でつっついて食べる。噛もうとすると喉につるんと流れていってしまう。お酒の香りがくちのなかにひろがって舌があつくなる。グミ感覚でいくつも食べると、てきめんに酔う。これを肴にしてさらに酒をのむのかと思うと恐ろしい。

液体から固体に焼き上がってくるたこ焼きをみていると、宇宙空間からガス惑星ができるまでの、長い歴史を早回しでみているような気になる。宇宙に散っていたちりあくたがしだいに偏り重力の回転であつまって、一個のまるい惑星をかたちづくる。ガス惑星みたいじゃない？　惑星ねー。同意しているのかしていないのかみんな無言でたこ焼きをつっつく。湯気かアルコールかわからないけれど頬を赤くさせて、できたての惑星に、ソースやナンプラーをかけて食べた。

「たこ焼きとバーボンチェリー」

たこ焼きができるときの湯気で顔が濡れるのもうれしい。

たこ焼きを食べたあと、チーズや余ったサラミ、紅しょうが、たこをオリーブオイルでいっぱいひたして、強火で即席アヒージョもできる。たこ焼き器おそるべし。

臍の受難

夫の帰りが遅い日だった。私はひとりソファに座っていて、夫がいるとできないことでもしようかと思った。毛剃りあたりは、お風呂のときに全身できる。なにかあるかな、と身繕いのあれこれを考えていると、臍掃除を長らくしていないことに思いあたった。

私の臍はすりばち状に深く、指先で臍をひらかないと奥の様子がみえない。みえにくいなあと思いながら、おなかをまるだしにして、携帯の光をあてたりしながら臍の奥をみると、ちいさな黒い点がある。皮膚にぴょこんとくっついていた。ごまをみつけて気持ちが盛り上がり、爪先で軽く引っ掻いてみたが、全然ごまに届かない。何度か擦ってみたがとれない。とれる方法はないかと考えた私は、キッチンから竹串を一本取り出し、先端部分を臍にいれて皮膚を擦った。擦る、というより、ほじくってみた、という方が正しいかもしれない。たこ焼きをひっくり返す要領で穴をつついた。ぐいぐい皮膚とごまとに竹串を当てていたら全体の皮膚が赤くなってきたのではっとしてやめた。めくれたパジャマを戻して風呂に入ったりしたけれど、しばらく経つと、腹部がぎゅるぎゅる鳴って、痛い。下痢はしないけれどそれに似た感覚。うずくまっているところに、夫が帰ってきた。テンションが低い私をみて、どうしたの? とたずねてくれる。お臍の掃除をしたらおなかが痛い、とは言ったものの、どんな掃除方法だったかは言えなかった。お臍はいじらない方がいいよ、ともっともなことを夫に言われた。

朝、まだ腹痛が続いていた。内側の鈍痛にくわえて、臍周辺が熱を持ったようになっていた。臍が化膿すると最悪腹膜炎になる、ときいたことがあったので、焦って夫を叩き起こして、臍をみてほしいと頼んだ。ベッドに寝そべってパジャマをめくりあげる。夫は眼鏡をかけ、じっと私の臍をみる。

うん、赤いよ。どうしよう、腹膜炎になるかな。ならないでしょ、お臍触ると赤くなるよ、ほら。そう言って、夫もパジャマをめくりあげて、私の心配をなだめるために臍を指でいじる。二人で臍をだしながら、ほら、赤くなったでしょ、と夫が臍をみせてくる。私はそれでようやく、じつはね、竹串でつっついたの、と告白した。え⁉竹串で？　なんでそんなことしたの。あきれ返る夫の顔をみて、じぶんが常識はずれなことをしたのだとわかって不安になった。そんな鋭利なものでほじくっていい場所じゃないと夫に言われて急いで皮膚科に行った。仕事に行くのを遅らせてもらって、夫に付いてきてもらった。診察は一瞬で、化膿止めの軟膏がでた。どうしても臍を掃除したかったらオイルをつけた綿棒でやさしく撫でてください、と言われ、でもあれだけほじくったのに私の臍のごまはどうしてもとれません、と悲しげに話すと、皮膚科医は面倒くさそうにもう一度除菌ガーゼで臍をおさえながら懐中電灯でなかをのぞきこんだ。あ、これはいぼですね、老人性疣贅(ゆうぜい)。竹串でいじるとさらに大きくなるからそのままにしてください。私が臍のごまだと思ってさんざんつっついていたのはいぼだった。

「臍の受難」

まだ臍が完治していないころ、友人のエッセイスト犬山紙子ちゃんと朝ごはんをした。小倉バタートーストを食べながらこの顚末を話したところ、「全行バカだから書いたほうがいい」といわれ、あったことをそのまま書いた。結局、臍は十日ほど痛かった。

あーぺっぺん

とらもようの子猫と一週間だけ暮らしていたことがある。

その猫は、近くの公園で小学生に追いかけ回されていたところを、幼かった私を遊ばせに、たまたまその場所をおとずれた母親がみつけて拾った。

「あーぺっぺん」という名前は、当時三歳だった私の命名であるらしい。ふしぎに思った両親が由来をたずねたが、わからずじまいだったという。「ニイニイ」と鳴く声や、耳をせわしなくうごかす仕草、そうしたひとつひとつ、こまやかなところまで「あーぺっぺん」のことははっきりとおぼえているのに、名付けに関することはまるでおぼえていない。ひとに猫の話をするとたいがい名前の意味を問われる。二十五歳になった現在の私からすると、三歳の私というのは、存在を異にするような遠さを感じるけれど、現在と同じように当時の私も、由来に明快なこたえをもちあわせていなかったと思う。

拾ったときの「あーぺっぺん」は、蚤だらけで、目やにによって半眼はつぶれていた。持っていたタオルかなにかで猫の身をくるみ、そのまま動物病院にむかった。母親の抱く子猫に触れたくて、おそるおそる手を伸ばし、薄布越しに触れたときの、ぐにゃりとしてなまあたたかな感触を二十年以上たったいまでもはっきりとおぼえている。それまで世界に「猫」という生きものが存在していることは知っていても、じっさいに「猫」を認識したのはそのときがはじめてだった。

「あーぺっぺん」といっしょに暮らしていた時間が一週間しかつづかなかったのは、子猫になにか不幸なことが起こったわけではなく、私が猫アレルギーによるアナフィラキシーを起こしてめんたまがぶよぶよに腫れあがり、いっしょに暮らすのはむつかしいだろうと、母方の祖父母の手にわたっていったからであった。猫がとても好きなのに猫アレルギーを発症する。現実の不条理さを思い知る出来事だった。

しばらくして、水中メガネとマスクでアレルギー対策を万全にとり、祖父母の家まで「あーぺっぺん」の様子をみにゆくと、猫の名前は、「福」にかわっていた。大正生まれの祖父母に「あーぺっぺん」はいっこうになじめなかったらしい。

遠慮がちに「あーぺっぺん」と呼ぶと、「はて、どなたのことでしょう」という表情を「福」はしていた。祖父母の家をたずねる機会はそう多くはなかったから、しだいに、「福」と呼ぶことがふつうになり、「あーぺっぺん」と「福」とはまったくべつの猫であるような気になっていった。

「福」が死んだのは拾ってから十六年後のことで、訃報の電話があった翌日か明後日、調布にあるペット用の火葬場に出かけた。季節は記憶からぬけおちているが、雨が蕭蕭と降っていた日で、みどりのこもったにおいをいとわしく思っていたことをおぼえている。

焼く前に、タオルケットにくるまれた老い猫をみて、「あーぺっぺん」のことを、ひさしぶりに思い起こした。息をひきとった「福」こそ「あーぺっぺん」なのに、死体を撫でていてもそのことを実感できなかった。

「福」の死のかなしみもあわあわとしていて、生きていたものにたいして、ばくぜんとわきあがる、静かで距離のある感情でしかなかった。冷えた毛なみを撫でながら、

「あーぺっぺん」として我が家で暮らしつづけていたかもしれなかった未来のことを考えていた。すでに死んでいるのだから、想像した未来というのは過去の時間においてあったかもしれない可能性でしかない、そうであったかもしれない十六年間のことを考えていた。事切れてしばらくたっていたからか、ずいぶんと肉が硬かった。

いまでも、ときおり、この世にいなくなったとわかっているのに、独立独歩で生きているとらもようの野良猫をみかけると、「あーぺっぺん元気かな」と思う瞬間がある。

猫アレルギー自体は、成長とともにすっかり弱まり、いまはふつうに触れられるようになっている。今度、ちいさな迷い猫か捨て猫が目の前にあらわれたら、「あーぺっぺん」でも「福」でもないその猫といっしょに暮らしたいと思っている。

「あーぺっぺん」

数年前の春、はじめて句会に参加をした。句会では、誰が書いた句なのかはあかされず、みなで批評する時間がある。

はじめてみる桜だね　あーぺっぺん

私の提出した句になったとき、いろんなひとが、この「あー、ぺっぺん」てなんでしょうねと言って、感嘆と三味線の音ではないかと推してもらったりした。粋なひとが出たあと持っているような宴の句という解釈が出たあと、この句は誰でしょうかとたずねられ、私は手をあげて、飼っている猫の名前です、と言ったら、当然ながら宗匠含め周囲のひとに怒られた。ひとりよがりはだめである。もちろんそうなので、だめ。飼いはじめたばかりの子猫が庭桜をみあげていたので、それを写生したつもりだった。ああ、ぺっぺん。

しらたまのすべすべ

フェルメールの「真珠の首飾りの女」が東京に来たとき、絵の中で、真珠の首飾りを身につけようとするひとの表情をみていた。やわらかくさしこむ光によって真珠はいっそう照り映えていて、女はほうけた顔をしている。彼女の心は、鏡の中の真珠に吸い込まれているようだった。フランスには、女の子が生まれたときにプチビジューを贈るならわしがある。大叔母がフランスに長らくいた人だったので、その習慣どおり、私が出生したときに真珠のブレスレットを贈ってくれた。ゴールドの細い鎖にちいさな真珠がいくつかついていた。装身具のはずなのに、私が深く記憶しているのは、真珠のすべすべとした舌触りだった。

私は子供のころから鉱物が好きで、博物館のみやげものやに売っている鉱物標本をねだっては買ってもらっていた。本かなにかで真珠が貝の体内で生成される生体鉱物だと知ったとたん、かつて贈ってもらった真珠への関心が高まった。小学校から帰ると、母の部屋にこっそり入って、プチビジューを探した。アコヤガイのなかで生成された時間を想像しながらみていた。ただ光にかざしてその光沢をみているうちに真珠をくちにしたくなった。私は鉱物標本の石をくちにいれて鉱物の舌触りを確認するのが好きだった。歯が欠けることを心配していた両親からは禁じられていたから、秘密の行為だったけれど、惑星の来し方を想像しながら舐めた。真珠をくちのなかにいれてしまいたい気持ちがおさえきれず、そっとブレスレットの端をもち、大きくくちをあけて真珠をたらした。じぶんのベッドに寝そべって、真珠の粒を一粒ずつ何度も吸った。フェルメールの女の絵をみたときにどこか懐かしい気持ちになったのは、じぶんがあの女のように真珠に魅入られてほうけていたからだった。すべすべしていて、真珠を舐めているのか、光を舐めているのか、わからなくなる。甘味処でときどき食べるしらたまのようだとも思った。くちからだすといつも真珠はべとべとに濡れてさらに光っていた。

「しらたまのすべすべ」

いまはあまりたてづめの真珠の指輪をみかけないけれど、それをみると、オーストリアの伝統甘味、ヴィーナスの乳首のようだと思う。白い築山みたいなホワイトチョコのお菓子。映画『アマデウス』のなかでサリエリが食べていた。

たしか一九九一年、私は六歳だった。家族で暮らしていた同じマンション内に、父が書斎と応接間としてつかっている一室があって、そこに父の友人が集まっていた。私は、おやすみを言いに、父のその部屋にチャイムも鳴らさずに入った。酔っ払った男三人がいて、真理子ちゃんがきたから隠せ、と言う。父の友人のひとりが、宮沢りえでエロコラージュをつくっていた、らしい。それ自体はとっさにかくされたので、みたという記憶もない。

ただ、父におやすみのキスをしていると、マッキントッシュの画面の前にいた父の友人に呼びかけられ、真理ちゃん、真理ちゃん、これ、宮沢りえのおっぱい、と言われて、パソコン画面をみせられた。アイコンはたしかに、というか、私はそのとき宮沢りえの乳房がどんなんであるかなんて知らないのだが、白い築山にぽちりとまるがついていて、おっぱいっぽいかたちになっていた。こやつらおっぱいのなにがおかしいんだろう、と思って、気持ち悪いような、しらけたような気持ちでじぶんの部屋に帰り、眠ったのをおぼえている。

木星に似た、あの

甘いお菓子特有の、くちに入れたときの倦怠感が大嫌いだった。糖分によって身体ぜんぶ、心まで痺れてゆくようで怖ろしかった。

いまはすべて好物のひとつとなっているけれど、ちいさいころは、チョコレートや生クリームといった甘いものが苦手で、ムース、あんこも嫌いだった。ぬたぬたしたものが口内の熱によって舌のうえでぬるく溶けてゆくのを感じることに対して生理的嫌悪を抱いていた。マシュマロは憎悪の塊。ビスケットだとかクッキーとか、もろもろして歯と歯のあいだに容赦なく詰まるのも不快。呼吸するための管が小麦粉によって塞き止められるような気がして食べると恐怖すら覚える。嗜好品であるものを、死ぬかもしれないと思いながらこわごわ食べたくはない。かっぱえびせんもポテトチップスもなじめなかった。ぴりっと刺激的な味と食感とを舌に感じさせてはくれるけれど、べつにおなかがふくれるというものではない。おなかにちっともたまらない割に油分が多すぎるのは虚しい。食べていると果てしない孤独感に襲われる。同じじゃがいもならフライドポテトの方が胃にがつんと入ってゆく気がしていま食べものを噛んでいるという実感が得られて好きだった。水菓子も、コンデンスミルクや白砂糖がかかっていたり、フルーツポンチになっていたりすると、すべてが台無しになった気がした。駄菓子屋にも、習字、フェンシング、そうした御稽古事の帰りに寄ったりもしたけれど、買いたいものはいつもなかった。適当に、のしいかとよっちゃんイカを交互に買っていた。遠足でもって行くおやつは都こんぶ。お菓子が嫌いだと友人の家に行くのはほんとうに憂鬱な出来事になる。なにかの都合でケーキを食べなくてはならなかった場合、他人にどう思われようと、フォークで生クリームを丁寧にそぎ落とし、いちごとスポンジだけを食べた。基本的にしょっぱいものが好きだったから、甘いだけのものに関心を示したことはなかった。香ばしい砂糖醤油のぼたぼた焼と歌舞伎揚だけは食べられたが、全般的に、お菓子というものに縁がなかった。つきあいで食べられるようにはなったけれど、こうした食の好みは成人するまで続いた。

結局、なにをおやつにしていたのかというと、

たくわんの壺づけ、伽羅蕗（きゃらぶき）、アジの干物、鰈の煮付、いかの塩辛、干ししいたけの煮物、白和え、ゆでただけのじゃがいも、ふかしたさつまいも、あけぼのの缶詰、てんぷら、朴葉味噌、三つ葉のおひたし、さしみこんにゃく、たまごかけごはん、唐揚げと塩おむすび、きつねうどん、ツナと玉葱のマヨネーズ和えを食パンにのせてこんがり焼いたもの、ケチャップ多めのオムライス……。

要は、おやつでも、お菓子ではなく、食事をとっていたのである。清涼飲料水も吐き気を催すので一滴も飲みたくはなかった。麦茶とか熱々のほうじ茶がなによりも好きだったが、三煎目くらいのうすくなった緑茶に梅干しを落として飲むのもよかった。

ただ、私にも、例外的に、食べられる甘いものがあった。アイスクリームである。正確には、アイスミルクよりラクトアイス、アイスクリーム、一番好きなのは氷菓。より乳脂肪分の割合の少ないものが好みだったけれど、アイスクリームであれば、どれだけ濃厚な甘さでもくちが怠くなることも不快と思わなかった。なかでも恒常的に食べていたのは、ミナツネのあんずボーだった。夏の明け方、こっそり台所まで行ってあんずボー数本

を冷凍庫から取り出して食べるのは至福だった。くちびるがキンとつめたくも熱くもなって、歯で氷をなぞって舐めて砕く。

あんずボーは、一五センチ程度の細長いビニールに入った、干しあんずの果肉入りジュースである。

凍らせると、しゃりしゃりしてビニールの間からときおりざらっとした果肉に歯があたるのがうれしい。酸味があって、わずかな苦みも感じる。それでいて飲み込んだ後にのどやくちがほのかに甘くなるのだ。何本食べてもいつ食べても飽きない。

凍ったあんずボーが好きだったいちばんの理由は感覚的なよろこびを与える食べものだからだと思う。瑪瑙のような斑点をした楕円形の果肉の褐色、凍ったうす茶色と白とがまだらになっていて、それがガス惑星にみえていた。凍ったそれを食べると宇宙を食べている気がした。

「木星に似た、あの」

駄菓子あんずボー賛として書いた。ちょっとおやつ嫌いを誇張して書いているような……。

子供のころ、たしかにチョコレートが嫌いな時期もあったけれど、チョコアイスやケーキだとしっかり食べていた記憶がある。小学生のころ相当太っていたのだが、それはおやつの代わりにもう一食、定食に近いご飯を食べていたからだった。

無重力おせち

子供には慣れぬ夜更かしをしたあとだから、元旦の朝はいつもけだるかった。母に促されるまま着物に袖を通し、車に乗った。葉山、鎌倉、高輪。毎年お祝いの場所が変わるから、どこに行くのかよくわからない。正月は忙しない。祖父母や親族達に挨拶をするときに目をしっかり合わせないといけないのが恥ずかしかった。お年玉をもらったら、着崩れるままに遊び始める。顔に墨を塗りあう羽子板遊び、浜辺で父が揚げる凧をながめるのが好きだった。お雑煮は鶏だしの澄まし汁で、溜塗りのお椀に入っていた。

正月二日目になると、背中のまるいミキさんという高齢のお手伝いさんが台所の椅子に腰掛けて、駅伝の映像を流しながら、鯛の骨をピンセットで抜いていた。私はミキさんのとなりでその早業をみていた。台所に陽がさしこんでボウルが白銀に光っていた。ミキさんのこしらえた鯛の浜焼きが正月の味になっているけれど、レシピをきそびれたままになってしまった。家で鯛の浜焼きに挑戦してみたけれど、記憶の味が再現できない。ミキさんの味をいつまでも覚えていたいのに、しだいに味の記憶も上書きされてきている。

晴れがましい正月よりも、ひっそりとした大晦日の方が心地いい。父と母と三人でコタツに集まって、クッキーを食べながら、三人で他愛ない一年の振り返りをする。ほんの少し前のことでさえ、思い出すことより忘れてしまっていることの方が多いことに気づく。「火の用心」と拍子木を打って練り歩くひとたちの声がする。窓をあけて、一際ひっそりしている外気のにおいを嗅いだあと、いつもより少しだけながめにおふろに浸かる。

一度だけ、ひとりで新年を迎えたことがあった。年末にインフルエンザに罹り、大晦日にあいている奇特な病院で薬をもらって、一人暮らしのベッドにもぐりこんだ。テレビもない簡素な部屋で、節々の関節が痛んで眠れないから、紅白の実況 tweet をぼんやりながめていた。冷蔵庫にはなにひとつ食料がなく、哀れに思った近所に住む友達が、年越しそばと清涼飲料水をドアノブにひっかけてくれた。友達は歌舞伎町で年越しをすると言って去った。翌日、意識朦朧としながらベッドで寝ていると、母がおせちとお澄ましを水筒に詰めて家の前まで来てくれた。母が笑顔でドアをノックする。母にうつしたくないからドアの外に置いてもらった。熱は高かったけれど、空腹だったので風呂敷包みをすぐにといた。ちいさめの黒塗りの重箱が一段あらわれて、重箱にうつしてくれた母の気遣いが嬉しかった。改まった気持ちで、蓋をそっとあけると、おせちが無重力を体験してまた地上に戻ってきたような状態になっていた。整然と詰められていたはずのおせちが、それぞれの領域をはみだし、海老もなますも伊達巻も黒豆もたつくりもお煮染めも八幡巻も錦卵もしっちゃかめっちゃかに混ざり合っていた。腕を振って歩くと健康にいいと母はよく言う。その日も、風呂敷包みもいっしょに振りながら母は歩いて来てくれたようだった。無重力おせちは、海老も伊達巻もくちに運ぶとみななますの味がした。

「無重力おせち」

おせちでいちばん好きなのは、伊達巻。黒豆は土井善晴のレシピが無双だときいていて持っているけれどまだ自分でこさえたことはない。母がつくるのをそばでみているだけだ。

伊達巻は毎年てづくりしてみようと思いながら、結局スーパーで買っている。

銀座の海坊主

吉田健一の短篇小説に「海坊主」というまことにきみょうな一篇があって、銀座の小料理屋で主人公の男が酒を飲んでいるところからその話ははじまるのだった。

主人公は酒を飲んでいた小料理屋で、ある男と出遭う。その男は実ハ……という話なのだが、とにかくオチがあるわけではない。筋もあるといえばあるけれど説明するほどの内容もなく、当然、その一篇が指し示す意味らしい意味というのもない。最高の小説である。怪異のようでいて怪異とはちがう、ただ、「まあそういうこともあろう」と思わせるところが魅力的な小説なのだが、小説の冒頭が銀座という土地であることが、小説をほんとうのことらしくたらしめている要素のひとつである気がしている。

銀座はひとびとの往来する場所という印象がある。「行く」場所であって、どこかまたべつの場所に移動することが前提の土地であるように感じるから銀座に「帰る」という言葉はフィットしない。ひとはたえず行き来するからか、浮かぶのは通りの名やいくつかの建造物の固有名詞ばかりで人名はふと頭をかすめてもすぐに流れ去ってゆく。ふしぎな街だと思う。

その吉田健一の小説を読んだのはたしか高校生のときだった。当時、渋谷や原宿で遊んでばかりいた私にとって銀座という土地は縁遠く、少々大人すぎるところにも思えていたので、吉田健一の小説の主人公が飲み歩く場所として認識していた。

個人的な記憶をまとわない馴染みうすのところであったから、銀座と聞くと、まず「海坊主」を思い出すのだった。

または祖父母の家に行くと、雑誌や本にまじってときどき『銀座百点』が置いてあった。買い物のついでに頂戴したからなのか、裏表紙にはハンコで店名が押されてあった。かわった判型なので置いてあるとひとめでそれとわかる。銀座に行く予定などないのに、なんとなく手にとってぱらぱらと眺めていたことを記憶している。

考えてみると、私のなかでの銀座は、長い間、吉田健一の小説と、祖父母の家の『銀座百点』という文字上だけの土地だったのかもしれない。

銀座が現実の土地としてなじみ深いものとなるのは、大学で歌舞伎を研究するようになってからだった。

なるたけ義太夫の声をききとれるようになりたくて、通っていた大学から東銀座まで電車一本で行けることも手伝って通いはじめた。はじめは学問のためのみに行っていたが、そこで過ごす時間がかけがえのない歓びとなってゆき、熱心に足を運ぶようになった。

とはいえ歌舞伎のチケットは学生には辛い値段設定であるので、ほとんどの芝居を幕見席からみた。歌舞伎座の演目を書いた絵看板の脇の天津甘栗を買ってから、チケットを購入するための列に並ぶ。足をぶらぶらさせて入場をまちながら、渡辺保や戸板康二の論考、ときには折口信夫の二世實川延若に関する論考を読む。地上階から幕見席のある四階まで、急勾配の階段を上ってゆくときに役者の声や下座がうっすら聞こえたりする。

幕見席での過ごし方はさまざまで、台詞や型をおぼえるためにみることもあれば、芝居とまったく関係のない小説を読みながら、ちらちら舞台をながめることもあった。徹夜明けで出かけて、席に腰掛けた途端強烈な睡魔に襲われて幕開けすらみられず終わりまで眠ってしまったこともある。

天井桟敷からだと空間ぜんたいを見下ろすことになるので舞台が回ったときには裏方のひとのすがたがみえる。はける役者をみることもできる。花道はみえないからその様子を想像する。その空間に身を置いていること自体が心地よくて、歌舞伎座はやはり祝祭空間だな、と訪れるたびにしみじみ幸福を感じていた。

終演後、はじめはすぐ大学か自宅に引き返していたのだけれど、しだいに銀座の街を散歩してから家に帰るようになった。

ギャラリー小柳やメゾンエルメスをみる。鳩居堂ではがきや千代紙を選ぶ。POLAに入っている茶寮で本を読む。和光のチョコレートや木村家のあんぱんを買う。

ひとりでいるときは入りづらい店には、母親を歌舞伎に誘い、帰りがけに、竹葉亭（ちくようてい）で松花堂弁当や鯛茶漬けを食べたりした。あづま通りにある曾祖母の代からお世話になっている呉服屋で反物をみて、組の美しい帯締めをねだったりし、三越の地下でお惣菜を買って帰った。

あたりにいるひとびともみな、一時銀座で過ごしているだけの来訪者の感覚であることが、気ままでゆったりとしていて心地よい。とりとめもない時間を過ごしていると、憂きことからも一瞬逃れられる気がする。

最近、歌舞伎をみに新橋演舞場に行くほか、そのすぐそばにある新聞社に仕事の用事ができたために、ますます銀座に赴く回数が増えている。大学院時代に着ていたぺらぺらのブラウスとジーンズのような衣服では同行人なく入店することにためらいのあった竹葉亭にも資生堂パーラーにも、ひとりで入れるようになった。

ただ、いまだに「海坊主」にでてくるような、日本酒のおいしい、ゆかしい小料理屋には入ったことがない。だから、まだほんとうの銀座を知らないという気がしている。私にとっての銀座は、まだ入ったことのない「小料理屋」に象徴されている。今度銀座に行くときは小料理屋のありそうな通りをうろついてみようと思っている。

店構えにひかれてふらっと立ち止まって小料理屋の戸を引くと、吉田健一のお化けがカウンターに座っていたりして、いっしょにお酒を酌みかわせたらいいのに、とひそやかに願っている。

「銀座の海坊主」

銀座への憧れは一人でどこにでも行けるような年になって久しいのにつづいている。数年前、池田亮司さんと、『新潮』の矢野さんと三人で銀座で飲むことになり、ついにヨシケン行きつけの「はち巻岡田」に行けそうになったのだが、二十一時閉店で入れなかった。いまだに小料理屋にも行けず、海坊主にも会えていない。

船底枕の夢

近世期に惹かれるようになったのは高校三年生だった。『耳嚢（みみぶくろ）』のような奇談を読むうちに、江戸を生きる市井のひとびとの心にもっと近づきたいと思うようになった。生活様式を少しでもかえてみようと、大学入学のお祝い代わりに、自室を畳にかえてもらった。ベッドもやめて布団にし、誰も使っていなかった祖父の家の仙台箪笥を置いた。着物で暮らしていたひとびとの体感を知りたくて、安価な木綿の反物を買って仕立ててもらい、それを日々着た。私の足は二六・五センチだったから、足袋の型をとるときに、職人のおじいさんに、こりゃたいへんな大足だと笑われた。

眠るときも、古い長着を寝間着代わりにした。これで船底枕があれば江戸の人がみたような夢をみられるかもしれないと憧れた。夜、電気を消して、和蠟燭をともして読書をする。家族は私の奇行を面白がっているようで、杉浦日向子の漫画や、江戸期の風俗や事物を記した『守貞謾稿』をもらったりした。

着物で大学に通いはじめたが、古語辞典や授業に必要な資料を抱えて山手線に乗るのは難儀だった。荷物さえ少なければ着物は存外動きやすいものだったが、大荷物を背負うことができないので、風呂敷に辞書をしまって大学に移動した。渓斎英泉という浮世絵師の描くゆがんだ女の顔が好きで、そのとがった下唇をまねた化粧をしたりした。浮世絵でみる黒い掛け襟にも憧れて、普段着の着物にそれをかけてもらおうとしたが、呉服屋の番頭さんに、時代が違いすぎると止められた。いまでも、黒い掛け襟は女のひとの首もとをより美しくみせると信じている。江戸時代の歌舞伎を勉強するようになってからは、歌舞伎役者の肉体を知りたいと思って日本舞踊に通ってみたりもした。

大学が終わると図書館で調べものをしていたが図書館のなかで本と向かい合うのに飽きが来て、図書館で借りた本を抱えたまま、隅田川を散歩しながら読んだり、深川江戸資料館に立ち寄ったりした。その方が江戸のひとびとに近づくような実感があった。船宿のジオラマのなかで、借りてきた本を読む。ジオラマのなかを歩きながら、ひとりもののむきみ売りの家をのぞいたり、長屋に腰掛けて、ｉＰｏｄで木遣や、ＳＰレコードに録音された歌舞伎名場面集をきいたりしていた。図書館で本を読むより、より江戸の心に近づいているような気がしていた。そうしているうちに、江戸を生きるひとびとの夢や心そのものを描きたくなってしまって、気づけば、研究ではなく創作のメモをとるようになった。はじめて書いた小説の「流跡」には、なにかから逃れるように棹をさしつづける男があらわれる。その男のすがたは、深川江戸資料館通いによって浮かび上がってきた男だった。

「船底枕の夢」

船底枕はヤクオクや古道具屋でたくさん売っている。それを使って眠ったら、かつて生きていたひとと夢で繋がってしまいそうで、ちょっと怖い。

京都で芸妓さんをしている友達は、はじめてまげを結ったころ、船底枕がかたすぎて、首が痛くて眠れなかったらしい。

目切坂下の「光の帝国」

家の近くに、目切坂という名の坂がある。その坂の上からはかつて富士山がみえたらしい。いまは赤黒い富裕層むけのマンションが建っていてなにもみえないが、マンションの正門前には、かつて敷地内に富士塚が祀られていた旨が看板に書かれている。江戸時代、この坂を上って富士塚に祈れば富士登山と同じ霊験を得られるという民間信仰があった。

坂の周囲は雑木林のようになっている。鎌倉街道近いその坂は、暗闇坂とも呼ばれていた。いまもその名の通り、真昼であってもなお昏い。光量が足りないだけでなく、なにか心が晴れてゆかない道で、樹木が丈高く茂っていて、地面の整備をしてもすぐアスファルトに亀裂が入り、木が伸びてゆく。でこぼこした道で、転びやすい。ちいさいころはアパートが建っていたような気もするが、それはいつしか取り壊され、ひっそりとした雑木林になっている。いまはフェンスが張りめぐらされているが、出入りが自由だったときでも、とてもなかに入りたいような場所ではなかった。

坂の上には、南無阿弥陀仏と掘られた石碑や地蔵が隅に寄せられていた。小さな墳丘もあり、学校帰りに、ひとり猿楽塚古墳にのぼったあと、目切坂のゆるやかなカーヴの暗い道を通って家に帰ったりした。

坂上の富裕層向けのおおきなマンションは、いつもひとけがなく、改修工事がおこなわれていたときは、そこが廃屋になっていたとさえ思っていた。そのマンションの一室でひらかれていたパーティに、かかりつけの眼科医が出席したことがあった。

私は医師なので、こういうことを言ったらよくないんですが、坂の上に、マンションありますよね。このあいだそこでホームパーティがあったんです。細長いテーブルの上に、蠟燭がいっぱい置かれてあって。しかも赤い蠟燭ですよ、ぜんぶ。それもなんか気持ち悪いんですけど。何本も火がついてて、みんなでワインを飲んで話してたんですけど。テーブルをみたら、キャンドルの蠟が、一方向に、呼んでくれた主人（ホスト）の方にむかって、ぜんぶの蠟が垂れてゆくんですよ。何本もあるのに。風もないのに。いろんなところに置いてあったテーブルの蠟がぜんぶそのひとにむかって流れてるのをみてたら、怖くなって、急いで家に帰りました。それから数日気分がすぐれなかったのだと、話終えると、垂れ落ちた蠟におびえたことを医師は恥ずかしがり、カルテに目を落とし、ステロイドの目薬をだしますか？と花粉症の薬を用意しはじめた。ふしぎな話よりも、あのマンションに人が住んでいる、ということが、話をきいても信じられなかった。

目切坂の下には、単身者向けのアパートが建っている。タイル調の青みがかった低層階の建物だった。そのアパートは夕方五時になると、共有部分に明かりがともる。単身者アパートの真上は、雑木林に覆われて暗い。それが蛍光灯ではなく白熱灯の色の丸い電灯が部屋と部屋のあいだにひとつずつ点く。緑のなかでぼんやり白熱灯が光るさまが美しいので、坂の下で立ち止まってはそれをみていた。夏になると、空はまだ青いのに、そのアパートには夜間灯がつく。真昼の空の青さと林のなかのアパートの昏さはマグリットの「光の帝国」とまったくおなじだった。目切坂下には、昼と夜とが同時にあらわれる。

「目切坂下の「光の帝国」」

小学校のころ、同級生のSちゃんが、バスに乗っていると遠くの木の上に、おじさんが座っているのがたまにみえるんだ、と言っていた。それってどういうことなんだと思いながら、イチョウの木をみあげた。Sちゃんの話をきいてから、木の上をみるのが少し怖くなった。私のなかでおじさんは、マグリットの絵のようなタッチで、山高帽子に背広を着た紳士が銀杏並木の上に腰掛けている姿が浮かんでいた。

松ぼっくりがみていた

夏の陽が庭一面に射していて、大理石を砕いて散らした帯状の石畳の上を、遊泳客が裸足で歩く。まぶしそうに目をほそめて、ステンレス製の梯子(はしご)をおり、プールの水につかってゆく。

大理石に取り囲まれた、円形の、さほど大きくはないプールには水がなみなみとはられてあって、ひとびとが泳いだり、身体を浮かせたりしていて、水面はゆらゆらと波打っている。白いビーチパラソルがいくつかひらいて立っているが、それも寝椅子にもたれているひとの半身にわずかな影をつくるばかりで、陽射しを覆うものはなく、あたりは燦燦としている。輻射熱で石に熱がこもっているから、足のうらがやけどしないよう、みな、少しつま先立ちをして、石に触れる面積をちいさくしている。浮き輪にうもれた背丈のちいさな男の子が足をばたつかせると水の泡ができることに興奮しているのか、声をあげている。

一九六四年七月の、庭園美術館の写真をみた。

いまは庭園美術館として知られている一帯の土地と建物は、一九三三年に、皇族朝香宮の本邸として竣工した。以後、十四年間、朝香宮の邸宅として機能していた。その後、所有者がうつり、吉田茂の公邸になった後、西武鉄道に所有権がわたり、迎賓館として使用されていたが、一九八三年に東京都所有の、庭園美術館として開館する。

その、西武鉄道所有の迎賓館だった時代に、マーブルプールと称された遊泳場が庭の一角につくられていた。その様子が当時の朝日新聞の記事に、写真付きで掲載されている。ていねいにパーマをあてたご婦人がプールの端に腰掛けて足を水にひたしている。プールサイドで日光浴をたのしむひとのすがたもある。プールの近くには、西武が所有する前、朝香宮が庭に建てた「光華」という茶室があった。数寄屋大工の名工の手による建築物で、菊の御紋も入った屋根瓦もあるから、びしょぬれで浮き輪を持った子供や、バスタオルを肩に羽織った遊泳客にうろうろ歩き回られてはかなわないと、西武鉄道の役員か誰かが思ったようで、誰も水着姿で茶室に立ち入らないとは思うが、遊泳客がそのまま歩いて行かれぬよう、大きな間仕切りが設けられてあった。迎賓館当時も、茶事はひらかれていただろうから、茶室からは、鯉の泳ぐ池の周囲に配された灯籠、夏紅葉のむこうに、プールの間仕切りがみえ、茶事のときに、遊泳客のプールの水音が聞こえていたかもしれない。

プールのためにくりぬかれた穴は塞がれ、いまは、中央に彫刻作品が置かれてあるこんもりとした円状の芝生になっている。ひとびとが水に濡れた足で歩いていた、大理石を砕いた石畳だけが芝の上に散っている。この土地の変遷をその帯状の石畳に思う。

庭園美術館のある白金台の標高は約三〇メートル。武蔵野台地の東端、高台に位置している。かつて玉川や内海の浸食によって、この土地はできた。周囲からは、いくつかの貝塚が発見されていて、古くからひとの住む集落があったことがわかる。この土地の所有者の明確な記録は近世期に下るまで、ほとんど残されていない。自然教育園から庭園美術館の土地にかけて、中世の館跡とされる土塁遺構が保存されている。それが誰の館であったのかはわからない。江戸時代は、讃岐国高松藩の屋敷だった。明治期になると、海軍や陸軍の火薬庫として使われたのちに、御料地として宮内省の管轄に置かれた。そして、朝香宮の邸宅が建てられる。

*

二〇一四年七月、庭園美術館がリニューアルするというので、その内覧ツアーに参加した。JR目黒駅から看板を確認しながら歩き、休館中の美術館の前に立っていた。工事中の白い囲いが太陽光で反射してまぶしい。門から、車寄せのある玄関までの道のりの長さに驚く。かつて美術館に訪れていたが、すっかり距離感を忘れていて、人があまり立ち入らなくなっていたからか、周囲の木や苔は生い茂っていた。木陰をさがして玄関まで歩く。「今日は、館内の、内覧ツアーです」と、職員の男性が、手慣れた様子で、やってくる。汗ばむ陽気で、日傘を差している女性も数名いた。みな、まずは車寄せの対になった唐獅子像を背に、玄関のルネ・ラリックのガラス扉をみる。何体ものガラスの女性像。当初は裸像だったのだが、お公家さんの玄関が女性の裸像はどうだろうか、と誰かが苦言を呈したことで、急遽、裸身だった女性たちはローブを纏ったすがたにかわった。目を半透明のガラスに近づけてゆくと、胸のあたりに、ぽちりと、乳首の名残のような突起があるようにみえた。もしかしたらそのエピソードをきいたことによって目がみせたふくらみなのかもしれないが、肌にはりつくようなローブによって、かえって女性像はエロティックになっている。

内覧ツアーによって、はじめて、美術館としての機能しかしらなかった建物のなりたちを知った。フランス人装飾家のアンリ・ラパンが家の内部のいくつかを設計し、壁面の油絵や、壁布、家具、照明、いくつかの内装部分は、パリから船で運搬されて、横浜港についた。しかし、組み立ててみたら設計ミスで壁面がうまく嵌まらず、運搬中に壊れてしまったものもあった。すべてを組立て、修復し、家全体を建築していったのは宮内省の内匠寮に所属する職人たちだった。彼らは、フランスから送られてきた資料は読んでいても、誰ひとり、実際に現地に行ったひとはいないから、本国のアール・デコがいかなるものなのかをしらない。職人たちは、ラパンの設計図と、実際にアール・デコに傾倒していた朝香宮夫妻の指示を受けて、想像と技術で、家を建てた。玄関先の床面モザイクのモチーフも職人たちの手でつくられた。それをつくばってみていた。

一部屋ずつ、空間を構成するイメージが定められてあり、第一応接室には壁紙だけではなく、メープル木材が使われ、木材も細かく指定されている。一階は、外部のひとのための、ひらかれた場所であるから、昔も今も、さほどかわってはいないようだった。パーティのための大広間もあり、ひとを招くことが想定されていたから、一階は、みられるための部屋でかしこまっている。大理石もひとつひとつ産地が違い、ギリシャのティノスグリーン、イタリアのポルトロ、金泥の散ったような大理石があちこちにはめ込まれ、二階へとつづいている。二階にあがると、うすみどりの線の走る大理石の浴室や、小さな部屋がいくつもつづく。冬であれば南面のサンルームでひなたぼっこ、夏になれば北面の中庭がみえる場所に通気性のよい編み椅子を置いて暑気をさけられるよう、季節ごとのためのベランダが設けられてあった。三階にあがると、かつて植物がたくさん置かれてあったという白と黒のモザイクの床面のサンルーム。私室をゆっくりとみてゆくといくつも小さな草木を描いたレリーフがあちこちにあった。それはアール・デコに魅せられた允子(のぶこ)妃が自ら暖炉のグリルの紋様を、夜な夜な、定規をつかって線をひいていたという。あらゆる人の想像でこの家の内装が完成されたのだった。

どの部屋も、ものとしての名残はあるが、誰かがここにいた、という痕跡を強く感じることはない。所有者がかわり、ひとが立ち入っては去る、ホテルや美術館として使用されていたから、自然と、空気のぬけが良くなっている。二階に客人があがることはなく、家族が住むために設計されているから、構造としてはプライベートな空間であるはずなのに、ひらかれている場所でもあることが、かえって心地よかった。

美術館として使用されていなかった部屋も、いくつかみることができた。がらんとした磨りガラスの大部屋をのぞく。かつてはアメリカ製の冷蔵庫が置かれていた広い厨房だったというが言われなければ、その痕跡はほとんどわからない。配膳室、金泥の塗り込められた和室だったという喫煙室、そして、朝香宮の家族が食事をとる小食堂をみた。家具はなかったが、板張りの小食堂は壁紙もカーテンも、朝香宮の邸宅当時のままになっている。そこだけは、誰かの家にお邪魔している、という感じがした。採光がよく、やわらかく日が差し込み、おおきなガラス戸をあけると、栗の木のパーゴラに藤の蔓が絡んで茂っている。パーゴラの向こうには庭がひろがっている。かつて庭にはドイツの動物園から贈られた白孔雀が歩き回っていたという。この食堂でなにを食べていたのか。エスカルゴを食べるためにエスカルゴの飼育をしていた、という資料を後になって読んだ。ガーリックとバターのにおいのたったエスカルゴでも家族でほおばっていたのだろうか。ここに一組の家族が住んでいたという気配が確かにしていた。

室内を内覧した後、庭にでて歩き回っていると、奥まった場所に、苔がむして緑色になった築山があった。木の陰になっていて涼しい。築山にみえていたのは防空壕だったのだと、後で知った。そばには石でつくられた台があり、庭師のひとが掃除のときに置いたのか、人の頭部ほどのおおきな松ぼっくりがいくつか、ごろり、と置かれてあった。

*

内覧会の最後に、樹木をみるために庭園を歩きはじめる。薔薇の植わっている芝生を歩き、かつてはプールのあった大理石をみる。芝がやわらかく生えそろっていたので裸足になって歩いた。この土地の所有が巡りうつるなか、庭に植えられた樹木はかわらず生育しつづけた。「この八十年のあいだですっかり大きくなって」と職員のひとが竣工時の庭の写真をみせる。宮内庁書陵部と印刷されたモノクロの邸宅の写真にうつる、か細い木と目の前の大木を見比べたあと、みなくちをうすくひらいて、樹木をみあげる。

「松ぼっくりがみていた」

白金に行くとかならず寄る蕎麦屋があった。このエッセイを書いていたときも、何度か行っていた。古い一軒家で、壁には白い短冊のお品書きがずらり。それをながめているだけでよかった。旬の野菜や肴の名前が書いてある。わらびもちもおいしかった。しかし、つい数ヵ月前、蕎麦アレルギーになってしまい(蕎麦アレルーキーという寒い表現で友人に伝えた)、もう二度と行かれない店になってしまった。

葉山の家

門をくぐると鬼蘇鉄が何本か生えていた。枝葉が天上にむかってのびている。それが図鑑で見ていた始祖鳥の羽のようにみえていた。仰ぎ見る姿勢をとるたび、葉山に来たという実感がある。

葉山に家があったころ、まとまった休みがあると家族で出かけた。家は裏山につづく丘陵にあり、小高い木々がしきりに揺れていた。きわめて質素な造りの二階建ての母屋、隣接した小さな離れ、庭を通りぬけて階段をのぼったさきに、草庵風の茶室があった。茶室は曾祖母の家に建っていたものを移築したから、奇妙に時代がかっていた。緑に覆われ、あたりはひっそりしていて、茶室で大声をあげても音は決して母屋には届かない。

母屋のガラス戸をひいて、庭をとおりぬけ、蜘蛛の巣が張るのを小枝でよけながら土階段をのぼり、茶室までゆく。階段には苔や季節によっては芳草がわずかに生える。自分の体重でそれらが踏みしだかれることがいつも哀しかった。葉山の家はいつもなにかもの哀しかった。庭の電灯はしょっちゅう切れる。夕暮れどきから、手提灯を使って歩いた。その光のなかでみる庭木はおそろしく、湿ったようにみえる百日紅の幹が気味悪かった。なにかぶよぶよとしながらもかたい感覚のものを踏んだと思うと柘榴の実が転がっている。柘榴の果肉にはいつも虫がたかっていた。かち割れた人間の脳髄にそれがみえ、書庫でみた女の九相図絵巻を思い出していた。葉山の書庫には暗い画集ばかりがあった。ボスやルドン、フランス語で書かれた世界各国のエロティックな絵を集めたなかに上村松園の春画があり、木立に括りつけられていたか、夜盗に四肢をおさえつけられていたか、手ぬぐいを噛んで喜悦している女人のすがたがあった。性愛をしらない子供でもそのすがたに美しさをおぼえ、その興奮した心が、なにか哀しかった。

夜、茶室のある土階段の上から明かりのついた母屋をながめるのが好きだった。木立のあいだからわずかに母屋がみえる。ガラス戸越しの様子がみえる。目をこらすと、白髪の男女が集って黄色い電灯のもとでブリッジに興じる。昼間会うひとと違う相貌にみえていた。

母屋に人が多いとき、離れにも空きがないと、茶室の待合に布団を敷いて寝た。トイレが無かったから、母屋まで歩いて行かねばならず、それが億劫で、庭というよりは小さな野原のような下草の生えたところで用をたしていた。裸足で歩くと春や秋は身体が夜露に濡れる。誰にとがめられることもないから、星月をみながら、はー、とため息をついて、ネグリジェの裾をたくしあげて、おしっこをする。水屋の竹すのこのうえであしうらと手とを洗って、ふたたび布団にもぐる。

茶室は、ほとんど外で寝ているのと同じだった。お天気のありようがすぐに伝わる。あたりが薄墨色になったと思えば、雨が降りはじめる。雨滴の音が痛いほどで、きりなく流れおちて、土が濡れてゆるくなってゆくのが室内にいてもわかる。墨汁のような水の色が障子越しにみえる。土壁も膨らむ。躙口(にじりぐち)をあけ、畳に寝転がって、躙口に顔を出して外を見ていた。茶室のあたりは野原のように、下草が生えていた。狸があらわれ、朝になるともぐらの這いずったあとが土のもりあがりで、よくみえる。風の強い日には遠くで竹林の摩擦音がきこえる。ゲームボーイをしながら茶室に寝転がっていると、かなり激しいサ行音に、電子音がかき消される。

茶室の奥には、ちいさな垣根があり、それをこえると、何基かの墓があった。ヤマカガシが出るから近寄ってはいけない、と言われていたが、一度も蛇をみたことがない。それらの石が、ほんとうに墓石であったのかもわからない。墓碑名は一切彫られていない。かたちのいびつな石が斜めに建っていた。ときどき湯飲みが石の前に置かれ、とうめいな水が張られる。埋葬されているものはなんだったのか。誰も墓石のことをくちにしないので、くちにだすことが憚られたというよりは、母屋に戻るとそういう墓のあることを、まるで忘れてしまっていた。

竹林は、春になるとタケノコを生やす。寝間着に、おおきなつっかけで、みにゆく。土をもりあげてあらわれるタケノコのすがたが可愛くて名前をつけて観察していた。観察日記とも物語ともつかないものを毎日書いていた。タケノコは、驚くほどの速さで生育し、すぐに子供の丈ほどの大きさになる。皮のにおいを嗅いだり撫ぜたりしていた。

あるとき家族で遊びにでて家に戻ると、庭師が数人入っていた。タケノコのことが気がかりで急いで土階段をのぼり、垣根をこえると、墓に生えていた下草はすべて刈り取られ、タケノコもぬかれていた。泣きながら母屋に戻ると、従兄が少年誌に目を落としたまま、竹は庭を荒らすのだと言った。私は茶室のなかでおいおい泣いた。もうすでにいないもののために、いきものがひっこぬかれたことが、やるせなかった。おとむらいをするために花をつもうとして、それもまたおなじことだと思って手折ることができなかった。タケノコの命を惜しんで泣いているわけではないこともわかっていた。自分がつくりあげたタケノコとの想像世界が壊れたことに対して、泣いていた。身勝手な涙だとわかっていても泣くことはやめられず、しだいに泣いているのが気持ち良くなっていた。母親が、私を優しい娘だと言って、抱きしめる。背中にまわった母の手の温かいことが、哀しかった。

「葉山の家」

　葉山の家のことは、ときどき思い出す。庭から山へと斜面がつづいていて、怖かった。みどりに家が覆われている場所だった。静かだったけれど、都会のしずけさとは違った。みどりの揺れる音や鳥の鳴き声、虫の羽音、風でガラス窓が鳴る音。たえず、いきものの気配や音が近かった。

おかき事件

お見合い。お見合いをしましょうよ！

二〇一一年の一月のことで、私は芥川賞をいただいたばかりで慌ただしくしていた。そのときに電話でお見合いをすすめてきたのが、ジンちゃんという母の数十年来の友人だった。

ジンちゃんは好きだけれど、ずっと話していると疲れるから……たまに会うくらいがいいな。

ジンちゃんから年に二回くらいある電話にでるたびに、母は笑顔で辛辣なことを言っていた。人間にはそれぞれ適切な距離があって、息災であってほしいし親愛を感じているけれど、しかし、そんなに連絡をとらなくてもいい人がいる。

ジンちゃんは新潟に住む素封家で、日本人だけれどイタリアの女優のような濃い面立ちの、ど派手な美女だった。ジンちゃんからの久方ぶりの電話は、芥川賞のお祝いだった。とんでもなく興奮した声だったと母が言っていた。お祝いの胡蝶蘭とともに新潟の米で揚げられたおかきが届いた。米どころから届いたおかきは非常においしかった。新鮮な油で揚げられていて、さくさくと芳ばしく、しょっぱいけれど米の甘みもわかる、端整な味のおかきだった。おいしかったという御礼をした後すぐ、お見合いの電話がかかってきた。


真理子ちゃんて、独身よね。あのね、いい話があるの。お見合い。お見合いをしましょうよ！　真理子ちゃんをすごく気に入った人がいて。

うーん、真理子はまだいいと思うけど……。

母が困った声で応えながら、マジックペンで「ジンちゃんから」と現況を書いて私にみせてくれるけれど、ジンちゃんの声は大きいので、スピーカーフォンにしていないのに受話器からだいたいたいの声が漏れてきこえていた。

母はジンちゃんの注意をそらそうと違う方に話の流れをもっていこうとしていたが、すぐにお見合いの話に戻ってしまう。いい話があるのよ、とひとに言われてそれがほんとうにいい話であったためしはない。

ジンちゃんが話す、お見合い相手の話は、人柄が一切つたわってこなかった。村上水軍の末裔で、某県に千坪の敷地があり、その離れに住んで私は一生小説だけ書いていたらいい、ということだった。フルネームはきいていない。フルネームと顔写真をみたら会わないといけなくなりそうで、とにかくかたくなに結婚を希望していない姿勢を母娘で示した。一生小説だけ書いていたらいい、ということばも、私にはおそろしく響いた。そんなところに幽閉されたらまず何も書けない。

母が断ろうとしてくれていたが、理由をあげるとそれを必ず打ち返してくる。東京にいたいみたい、と母が言うと、ジンちゃんは、東京なんて新幹線で往復すればいいじゃないかと返す。とりあえず釣書だけでも読んで！　とジンちゃんが言い切って電話が終わった。

父が人ごとのように果物を食べながら、その電話を耳にとめていて、自分も若いころ、まったく同じようなお見合いの話があった、と懐かしそうに言っていた。父の場合は、旅館の跡継ぎを探している女系一家からのオファーで、父はかたちだけ旅館の主人になり、旅館の離れで婿養子として生涯詩だけを書いて、あとはぼんやり暮らしてくれればいい、という縁談だったらしい。ほとんど似たような話だった。文学者への誘い文句の定型かもしれない。祖母はなぜか乗り気だったらしいが、父は恐怖を感じて、丁重にお断りをした。

ジンちゃんとは、高校生のころ一度だけ会ったことがある。ジンちゃんの住んでいる新潟まで遊びに行き、レストランで母と三人で食事をとっていた。そのときに、どんな男性がタイプかたずねられた。さして恋愛に興味がなかった私は、しいてあげれば thee michelle gun elephant のアベフトシがかっこいいと思う、とギタリストの名前を言うやいなや、ジンちゃんの目がつりあがって、バンドマンとだけは絶対に恋愛しちゃダメ！ 楽屋挨拶もいっちゃ絶対ダメ！ わかった⁉ と声高に言っていたのが印象深かった。楽屋挨拶も何もまったく知らない人だよと思ったけれど、とくに何も言わず頷いてそのときは終わった。ジンちゃんは、ミュージシャンを毛嫌いしているというよりも、過去に何かあったからこそ反対しているというニュアンスがあった。

ジンちゃんは、レストランで売られていたビーズのアクセサリーを、私にどっさりと手渡してくれた。厚意は嬉しいけれど、アクセサリーはファンシーすぎてつけることはなかった。

ジンちゃんはかつて、自分の兄と母とをくっつけようと画策していた時期がある。兄と結婚してくれたらよかったのに、とそのときもこぼしていた。母は独身時代、断り切れずに一度だけジンちゃんのお兄さんとデートをした。浜焼き屋の二階にふたりは向かい合って座って、会話が驚くほど弾まなかった。母は沈黙にたえきれず、窓をあけて、いきなり瓦屋根によじのぼった。その破天荒すぎる母の行動に、ジンちゃんのお兄さんはさらに惚れてしまったらしいが、浜焼きデートのあと次はなかった。ジンちゃんとしては、なんとしても私の結婚はアシストしたいようだった。

数日後、実家に封書が届いた。こういうのって履歴書とか入っているのかな？などと母と興味半分であけてみたら、龍宮という名の旅館に、二泊三日、母娘で宿の予約をすでにしてある、という内容だった。相手がどんなひとかもわからないのに、お見合いの日時だけが勝手に決められていた。そもそも、二泊三日も何をするのか。ここまで強引に事を進めるひとたちがどういう顔をしているのか知りたいという気持ちもよぎったけれど、同時に腹が立っていたので、早急に断りの電話をいれた。ジンちゃんは私がお見合いを断るのも意に介さないようだった。

じゃあ、真理子ちゃんは、毎月どのくらいお小遣いあったら生活できる？　一千万あったら足りる？

もっといい条件の結婚を私が探しているのだと勘違いしているようで、話が通じないので、とにかく勘弁してくれと、文学に集中したいのだと殊勝なことを言って、電話を切って終わった。

数日後、今度は家に大量のおかきが贈られてきた。大きなダンボールに隙間なくぎっしり詰められ、おかきというおかきに「御祝い」の熨斗が巻かれてあった。台所には入りきらず、家のリビングの一角がおかき置き場になり、家族で呆然とした。母が疲れた顔でジンちゃんに電話をすると、彼女は私のお見合い相手からの贈りものだと言った。芥川賞記念に、ほうぼうにお福分けしてちょうだいね。こういうのは挨拶回りが重要だから、と言って、一度も相まみえぬお見合い相手から大量のおかきを進呈されて事は終った。一家族が食べきれる量のおかきではとうていなかった。

おかきを配ろうにも、私は、友達も少なく、仕事相手もべつだん多いわけではないので、ダンボールのおかきはいっこうに減らなかった。とにかく会う人に差し上げた。近所にも配った。親しい人には、お見合いの話をしてからおかきを渡したからひじょうに盛り上がった。食べた人がみんな、このおかきおいしいね、と言ってくれた。実においしいおかきだった。芳ばしくて軽くて塩味と甘みのバランスがよくて、醤油も甘いのも青のりをまぶしたようなのも、どれも米の甘みがわかる上品なおかきだった。

とあるイベントで大好きな作家の町田康さんに会ったときも、事の次第を話してから、おかきを差し上げた。町田さんは、おかき殺人事件みたいなはなし書いたらええわ、と笑いながら言ってくださった。「おかき殺人事件」というフレーズが最高だったので、いっそ取材をかねてお見合いをすべきだったかと一瞬だけ後悔した。それでも、本当にお見合いをしたら、私が失踪する話になってしまったかもしれない。

「おかき事件」

ちなみに、お見合い場所に設定されていた龍宮殿なる旅館は、むかし父方の祖父と家族ででかけたことのある場所だとあとで思いだした。大浴場で祖父がのぼせて、床にとても神妙なおももちで、礼儀正しく倒れていたらしい。父が発見した。

祖父はヒロポンをうちまくりながらジャン・ジュネを訳したときいた。もとが礼儀正しい人なので、なにかの中毒になるくらいがちょうどよかったのかもしれない。

りんご村物語

うわの空、という言葉が母にはよく似合う。食事の支度をしていても、いっしょに歩いていても、声を交わしていても、遠くに感じる。そういうことがしばしばある。娘である私を、母としてこれ以上ないというほどの愛情をかけて育ててくれたので、さびしい、と思ったことは一度もない。ただ、人間、誰にも踏み込めない領域があることを、母のふるまいで、知った。

傍目には、うわの空、としか表現できないが、そういうときの母は、たいてい『りんご村物語』のことを考えている。足かけ二十数年、母が書きつづけている作品のタイトルになる。物語の内容を私は知らない。母以外の誰も、書かれた言葉を読んだことがない。物語と同時に、組曲も進行していて、断片的に、ピアノのある部屋から音楽が流れてくるから、音楽の方はうっすら知っている。私もときどきくちずさんでいる。

家族それぞれ「書く」ことを考えているときは、うわの空になっている。うわの空は、生活のなかでもっとも尊重されるべきことである。そうした無言の取り決めが家族のあいだで昔からなされている。

母は、よくピアノの前に座る。譜面台には、さらの五線譜が置かれ、芯のかたい鉛筆と小さな消しゴムものっている。いくつかのメロディーを譜面に書き留める。それを組曲として作曲するうちに、譜面のわきにイラストと文字がふえ、それが『りんご村物語』を書くことにつながっていった。そのことを恥ずかしそうに母が話してくれたのは、私が小説を書きはじめたころだった。

ものごころついたころから、就寝前は必ず、本を読んでもらっていた。ベッドの枕元の灯りだけつけ、母と布団に入る。一千夜ではきかない、二千夜くらい、母は物語を音読しつづけたのではないか。文字を解するようになってからも、母の声をききたいという甘えを、母はずっと許してくれた。母の声は、透きとおっていて、ことばが流れていることが気持ちよかったから、物語を音楽のように聴いていた。いったい何を読んでもらったのかは覚えていない。ハンバーガーが空から降ってくる、しようのないところだけ鮮明に覚えている。音読する母のにおいや熱が自分の身体に伝わり、母の音にくるまって眠る。幼かった私にむけて、本を繰りかえし音読するうち、読むことから書くことへと自然とうつっていったのではないかといまは思う。母にたずねると、覚えていない、と返ってくる。

母は、あらゆることをすぐに忘れる。家の近くに植わっている街路樹は秋口になると実をつける。母とその木の前を通ると「みて！　こんなかわいい実をつけたの、はじめてみた」と言って、満面の笑みで、指をさす。こんな山手通り沿いの街路樹にも、木の実がなると感動し、ひとり涙ぐむ。それを毎年、繰りかえしている。去年も一昨年も同じことを言っていたよ、などと野暮なことはくちにしない。母には過去がない。情は深いけれど執着はない。その酷薄ともいえる性格が私は好きだ。

先日、実家に帰ったとき、ピアノの上に「ひとよたけのひと夜」という曲名の譜面が置かれてあった。母が、粘菌や蕈の図鑑、南方熊楠のことを、父にたずねていたことが過る。いったいどんな曲なのか、まだ弾いているところに居合わせたことがない。

寝乱れた髪のまま、母が作曲をしているのをときどきみかけるが、声はかけない。父が母のためのコーヒーをポットにそっと淹れておく。母がそれに気づいて、いっしゅん笑みながらも、心はどこか遠いまま、カップにそれを注ぐ。起きたまま夢をみているのに近い。意識が肉体にうまく着地しないのだろう。母の部屋に入ると、『りんご村物語』という題名のつけられたノートやファイルが本棚の一角に並んでいる。母が書く物語は何冊になったのだろう。うわの空のよろこびを、母のすがたをみて、おぼえた。終わることなく続いている物語が母の手から離れたとき、はじめて私は読むことができる。それを待っている。

「りんご村物語」

小学四年生のとき、林間学校に行くことになった。蓼科に四泊五日。荷造りをしながら、しみじみ寂しくなり、涙が出た。父母といっしゅんたりとも離れたくなかった。たった五日間離れるだけで、と笑われるかもしれないと思ったけれど、母に、メモ帳に手紙を書いてほしい、と頼んだ。母は一切からかわず、にっこり笑って、手紙を書いてくれた。私は蓼科に行き、毎夕手紙の書かれたメモ帳をだいじに読んだ。短文だったけれど、お星様はきれいですか？　というような問いかけが書いてあって、それに心の中で返事をしながら過ごした。すでに全部書かれている言葉だとわかっていたけれど、ページをめくったりはしなかった。あらかじめ読むと次の日のようがなくなるとわかっていたからだった。

Ⅲ

失神するほど好きな人（『群像』2018年１月号）、背表紙が卒塔婆にみえていた頃（『古井由吉自撰作品１』解説、河出書房新社、2012年３月）、首塚とルーズソックス（『後藤明生コレクション3 中期』月報、国書刊行会、2017年４月）、昼休みのドラコニア（澁澤龍彦『少女コレクション序説』巻末エッセイ、中公文庫、2017年７月）、足の思い出（『谷崎潤一郎全集』月報16、中央公論新社、2016年８月）、中浮（『新潮』2014年６月号）、ともぶれするよろこび（『金井美恵子エッセイ・コレクション』３、解説、平凡社、2013年10月）、甲羅酒（『文藝』2017年２月号、河出書房新社）

Ⅳ

「日々のこと」（『ミセス』2012年４月号〜13年３月号、文化出版局）

Ⅴ

たこ焼きとバーボンチェリー（『暮しの手帖』第４世紀99号、暮しの手帖社、2019年３月）、臍の受難（同100号、2019年４月）、あーぺっぺん（『ユリイカ』2010年11月号、青土社）、しらたまのすべすべ（『婦人画報』2017年６月号、ハースト婦人画報社）、木星に似た、あの（『おいしい文藝　ひんやりと、甘味』所収、河出書房新社、2015年７月）、無重力おせち（『ミセス』2018年１月号）、銀座の海坊主（『銀座百点』2011年11月号）、船底枕の夢（『ミセス』2016年４月号）、目切坂下の「光の帝国」（『ユリイカ』2016年８月臨時増刊）、松ぼっくりがみていた（『庭園美術館へようこそ』所収、河出書房新社、2014年11月）、葉山の家（『たいせつな風景』21号、神奈川県立近代美術館、2015年10月）、おかき事件（『ほんのきもち』所収、扶桑社、2018年８月）、りんご村物語（『ミセス』2015年９月号）

初出一覧

信号旗K（書き下ろし）

I

放心（『文學界』2010年8月号、文藝春秋）、Happy New Ears（同2012年1月号）、うまれてはじめてつけた日記　2011年1月（『新潮』2012年3月号、新潮社）、しゃっくりり、、（『銀座百点』2016年10月号、銀座百店会）、将棋観戦記　2011年3月11日（『日本経済新聞』夕刊、2011年4月8日〜19日）、ALL IN TWILIGHT（『群像』2012年2月号、講談社）、選ばれなかった一手　将棋感想戦見学記（『朝日新聞』2015年5月23日）、ミサイルきょうはこなかった　2017年4月（『新潮』2018年3月号）

II

溶けない霜柱（『ロフィシャルジャパン』2016年9月号、セブン&アイ出版）、さっきより月が大きくみえる（同10月号）、ボイラー室の隣で（同11月号）、サンタクロース（同12月号）、白湯とモンスーン（同2017年1月2月合併号）、かき氷ざくざく（『読売新聞』2012年7月8日）、食べるように読んだ本（『日本経済新聞』2010年12月1日、8日、15日、22日）、認識という官能――スーザン・ソンタグ『私は生まれなおしている』（『読売新聞』2011年1月9日）、昼でも夜でもない時間――サーシャ・ソコロフ『犬と狼のはざまで』（同2012年11月4日）、絶滅一覧――大野晋編『古典基礎語辞典』（同2012年2月12日）、文字のなかに入る――山下澄人『しんせかい』（『中央公論』2017年4月号、中央公論新社）、おかしくなる季節――『続・北村太郎詩集』（同2017年6月号）、チグリスとユーフラテス――『西脇順三郎詩集』（同2018年4月号）

装幀　近藤一弥

朝吹真理子　Mariko Asabuki

1984年東京都生まれ。2009年、「流跡」でデビュー、2010年、同作で第20回Bunkamuraドゥマゴ文学賞を最年少受賞。2011年、「きことわ」で、第144回芥川賞を受賞。2018年、『TIMELESS』を上梓。

抽斗（ひきだし）のなかの海（うみ）

二〇一九年七月十日　初版発行

著者　朝吹真理子
発行者　松田陽三
発行所　中央公論新社
〒一〇〇-八一五二
東京都千代田区大手町一-七-一
電話　販売　〇三-五二九九-一七三〇
　　　編集　〇三-五二九九-一七四〇
URL http://www.chuko.co.jp/

DTP　市川真樹子
本文印刷　精興社
カバー印刷　図書印刷
製本　大口製本印刷

Published by CHUOKORON-SHINSHA, INC.
Printed in Japan　ISBN978-4-12-005200-2 C0095

中央公論新社　既刊より

あとは切手を、一枚貼るだけ

小川洋子
堀江敏幸　著

きみはなぜ、まぶたを閉じて生きると決めたの——かつて愛し合った「私」と「ぼく」が交わす最後の秘密。作家二人が仕掛ける、胸を震わす物語。

坂を見あげて

堀江敏幸　著

雨の日も風の日も、雲ひとつない青空の日も、ずっと手に届かないものを見あげていた——季節の移ろいと響き合う、46の随想のつらなり。

壁抜けの谷

山下澄人　著

死んだ友だち。誰とでも寝る母。曖昧な記憶。はじまりも、終わりもない、ぼくとわたしと死者の〝パレード〟。存在することの根本を問いかける長篇。